www.tredition.de

AF185399

Elocin Smind

Beim Zweiten Mal

www.tredition.de

© 2014 Elocin Smind
Umschlag, Illustration: tredition, fotolia-NDTeam

Verlag: tredition GmbH, Hamburg

ISBN
Paperback   ISBN 978-3-7323-0675-6
Hardcover   ISBN 978-3-7323-0676-3
e-Book   ISBN 978-3-7323-0677-0

Printed in Germany

Was würde sie tun, um einem geliebten Menschen, das Leben zu retten?

Sie würde ihr eigenes Leben opfern.

Was, wenn sie dabei in den Lauf einer Waffe sieht?

Sie hofft und betet, dass es nur eine Kugel gibt, die sie selbst trifft und nicht den geliebten Menschen hinter ihr.

1. Gute Nachrichten

Draußen schien die Sonne und die Blumen zeigten sich in ihren schönsten Farben und Formen, die Bäume trugen ihre volle Blätterpracht und in ihnen ertönten die lieblichen Gesänge der Vögel. Doch all das nahm Angel in diesem Moment nicht wahr. Nichts dergleichen von diesem wirklich perfekten Frühlingstag. Und doch war er soeben noch traumhafter geworden, es hätte nicht besser sein können. Noch immer saß sie, mit dem Telefon in der Hand, am offenen Fenster. Gerade hatte sie das Gespräch mit ihrer Schwester beendet. Mia war nicht ihre leibliche Schwester, doch das hatte nie etwas zwischen ihnen geändert. Sie waren Schwestern seit dem Tag an, als Mason und Emely Lockert sich entschlossen hatten Angel zu sich zu nehmen. Einzig und allein ihr Nachname zeugte davon, dass sie nicht in diese Familie geboren worden war, denn sie trug seit ihrem zehnten Lebensjahr den Mädchennamen ihrer Mutter, Donovan, ein Name der sie weiterhin mit ihr verband.

Angel erinnerte sich an die fröhlich und

aufgeregt klingende Stimme von Mia, als diese ihr mitteilte, dass Bryan ihr am Abend zuvor einen sehr romantischen Antrag gemacht hatte. Angels Herz machte in diesem Moment einen riesengroßen Sprung, sie freute sich sehr für ihre große Schwester, wobei das nur körperlich korrekt war. Denn eigentlich war Mia zwei Monate jünger als Angel.

„Du hast doch hoffentlich ja zu ihm gesagt?" Angel musste sie necken und konnte sich ein Lachen kaum verkneifen.

„Also ganz ehrlich, ich musste doch erst ein paar Minuten überlegen, solange sind wir doch noch gar nicht zusammen", brachte Mia etwas zu ernst hervor.

„Das ist jetzt nicht wahr. Mia sag mir, dass das ein Scherz war."

„Ich brauchte keine Sekunde und natürlich habe ich ja gesagt", prustete Mia in den Hörer und konnte sich kaum halten vor Lachen. Erleichtert musste auch Angel selbst ein wenig kichern. Noch nie hatte sie ihre Schwester so glücklich gesehen wie mit Bryan und das galt auch umgekehrt. Er trug Mia auf Händen und man sah ihm förmlich an wie sehr er sie vergötterte. Seit exakt sechs Monaten waren die beiden ein beinah unzertrennliches Paar.

Unwillkürlich dachte Angel an die Zeit zurück als sich die beiden kennen gelernt hatten. Und man konnte sagen ganz unschuldig war Angel daran nicht. Sie kannte Bryan bereits aus Kindertagen. Jahrelang verbrachten sie jeden Sommer miteinander, insgesamt waren es immer sechs Wochen. Sie war so gern mit ihren Eltern in Cape Cod Massachusetts gewesen. Auch Bryan war mit seinen Eltern zu der Zeit dort. Schnell wurden sie enge Freunde, trotz der zwei Jahre Altersunterschied. Sie verbrachten beinahe jeden Tag miteinander, gingen schwimmen, waren Kabeljau angeln, Ballspielen am Meer, spazieren, waren mit ihren oder mit seinen Eltern unterwegs, je nachdem wozu sie Lust hatten und was das Wetter zuließ. Meistens waren es die schönsten und sonnigsten Tage des Jahres.

Er kannte sie, wusste wer sie war, wusste was sie durchlebt hatte. Dennoch hatte er sie, bis vor knapp sieben Monaten, ganze vierzehn Jahre nicht mehr gesehen. Er wusste nicht einmal ob sie überhaupt noch am Leben war und genau das war es, was es ihn nie vergessen ließ.

Vor sieben Monaten war Angel von San Francisco zurück nach New York gezogen. So war sie wieder in der Nähe ihrer Familie und zurück bei ihren Wurzeln. Sie liebte ihre Familie sehr und einen Job hatte sie ebenfalls sofort bekommen. Sie bekam eine Festanstellung in einer gemeinnützigen Organisation.

We for you bestand aus einem kleinen gemütlichen Heim, in dem 25 Kinder aufgenommen werden konnten und circa fünfzehn allein erziehende Elternteile mit ihren Kindern. Außerdem unterhielten sie im vorderen Bereich des großen Anwesens einige Büroräume die neben Verwaltung, auch Beratungsstellen aufwiesen. Und genau dort befand sich für die frischgebackene Sozialarbeiterin/-Pädagogin Angel der neue Arbeitsplatz. Also wurde ohne zögern gepackt und innerhalb weniger Tage war sie wieder nah bei ihren Lieben.

Es war gerade ihre zweite Woche im neuen Job. Sie betreute gerade eine 24-jährige Frau und deren fünf Jahre alte Tochter. Der Ehemann war in den letzten Monaten immer wieder gewalttätig geworden und auch eine Antiaggressionstherapie konnte daran nichts ändern, es war nur wenige Wochen besser. Seit einer Woche lebten Mutter und Tochter im betreuten und sicheren Heim. Nachdem sie am Vortag von ihrem Mann nach der Arbeit angegriffen wurde. Angel sollte sie zur Anwaltskanzlei McConnel und Gellar begleiten, für eine einstweilige Verfügung gegen ihren Ehemann.

Bryan Gellar war mit seinen 26 Jahren ein bereits hoch angesehener Anwalt, galt als sehr fürsorglich und stets erfolgreich. Das meiste lehrte ihn sein zwanzig Jahre älterer Kollege, der Bryan nach nur kurzer Zeit zu seinem Partner machte. Beide Anwälte arbeiteten hin und wieder für ein geringes, bis keinem Honorar für die Organisation, je nachdem wie aufwendig sich die Fälle gestalteten.

Bryan hatte sich verändert, natürlich, er war zu einem jungen Mann herangewachsen und doch hatte Angel ihn sofort erkannt. Zu Anfang dachte sie der Name war Zufall, aber er war es tatsächlich, ihr alter Sandkastenfreund. Noch immer mit blonden Haaren, genau wie auch ihre und noch immer diese wunderbaren bernsteinfarbenen Augen. Er war groß und sportlich und ziemlich gut aussehend. Genauso wenig hatte sich seine Ausstrahlung verändert. Er hatte dieses ehrliche und freundliche Lächeln und strahlte eine Warmherzigkeit aus, bei der man sich sicher und geborgen fühlen konnte. Während des gesamten Gesprächs musterte er immer wieder unauffällig Angels Gesicht, als würde er überlegen, ob sie es tatsächlich sein konnte.

Bis zum Feierabend ließ es ihm keine Ruhe. Er musste es wissen, musste wissen ob Miss Donovan die Angel aus seiner Kinderzeit war. Sie ließ sich nicht das Geringste anmerken, deutete mit keiner Wimper an, ob sie sich kennen würden. Er beschloss sie anzurufen.

„*We for* you sie sprechen mit Angel Donovan. Wie kann ich ihnen helfen? "

„Ja. Hallo. Hier ist Bryan Gellar." Es entstand eine kurze Pause, Bryan wusste nicht recht was er sagen sollte.

„Hallo Bryan. Ich dachte mir schon fast, dass du dich noch melden würdest. Na ja, so wie du mich angesehen hast." Angel sprach sehr leise, sie klang beinah traurig.

„Gott… Angel, du weißt gar nicht wie oft ich in den letzten Jahren an dich gedacht habe. Niemand sagte uns damals wo du geblieben bist."

„Es tut mir leid Bryan. Man hatte mich aus der Öffentlichkeit gezogen. Zum einen damit ich zur Ruhe kommen konnte und zum anderen um mich zu schützen." Angel liefen Tränen über die Wange, sie fühlte sich schuldig, weil sie ihm scheinbar Kummer bereitet hatte. Zeitgleich war sie froh, über diesen einen Menschen für den sie sich nicht verstellen musste.

„Man sagte uns damals nichts weiter über dich. Sie sagten du wurdest operiert, hattest schwere Verletzungen und dein Zustand war instabil. Damals verstand ich das nicht. Und dann haben sie dich trotz allem plötzlich verlegt."

„Bryan ich versuche dir einiges zu erklären, aber nicht alles. Ich versuche seit fast vierzehn Jahren das hinter mir zu lassen." Bryan schien zu verstehen was sie ihm damit sagen wollte. Er fragte ob sie sich auf einen Kaffee treffen könnten am nächsten Tag und genau das taten sie dann, sowie jede folgende Woche. Schnell stellte sich dieselbe Vertrautheit, wie schon früher, ein. Angel erzählte ihm wozu sie bereit war, doch sie wollte nur eines, ihre Vergangenheit endlich hinter sich lassen und keine Angst mehr haben.

Doch das wird wohl nie klappen.

An einem Samstag sollten Mia und Angel ihre Eltern zu einem Wohltätigkeitsdinner begleiten. Normalerweise drückte sich Angel gern vor solchen gesellschaftlichen Ereignissen, doch bei diesem ging der Erlös auch an *We for you*. So sah sie es als ihre Pflicht dort zu erscheinen. Kurze Zeit nachdem sie angekommen waren, hatte Bryan seine ehemals beste Freundin auch schon entdeckt. Mit einem Lächeln ging er auf Angel und Mia zu. Deren Eltern hatten sich schon einige Meter von ihnen entfernt und unterhielten sich angeregt mit einem älteren Ehepaar. Er begrüßte Angel mit einer flüchtigen Umarmung. Anschließend stellte Angel ihm stolz ihre Schwester vor. Sie hätte schwören können in seinen Augen ein Funkeln gesehen zu haben und sie hatte sich nicht geirrt. Mia gefiel ihm vom ersten Augenblick. Das war aber auch nicht weiter verwunderlich, viele Männer drehten sich nach ihr um, wenn Mia einen Raum betrat. Angel fand ihre Schwester schon immer wunderschön, was sie von sich selbst niemals behaupten würde. Nicht weil ihr das Selbstbewusstsein fehlte, sie war einfach nur objektiv, zumindest glaubte sie das wirklich, sie zählte sich zum Durchschnitt, als nichts

Besonderes. Mia war groß, schlank, hatte wundervolles dunkelbraunes Haar und große haselnussbraune Augen. Man konnte sie wahrhaftig für ein Supermodel halten. Außerdem war sie noch klug dazu. Wenn man es so sagen will, kann man behaupten, dass Angel stolz darauf war ihre Schwester zu sein. Und das war der Tag an dem für Mia und Bryan alles begann.

Ein Windhauch wehte durch Angels blonde Locken, woraufhin ein paar einzelne Haare an ihren feuchten Wangen kleben blieben. Erst jetzt bemerkte sie, dass ihr Freudentränen über das Gesicht gekullert waren. Die Verlobung war der eine Grund, doch was sie zu Tränen rührte, war die Frage die Mia an sie gerichtet hatte. Und zwar ob Angel bereit wäre, ihre Trauzeugin zu sein. Einmal mehr, wurde ihr bewusst, wie viel sie einander bedeuteten. Sie stand auf, legte das Telefon beiseite und steuerte ihr Bad an.

Etwas kaltes Wasser kann nicht schaden.

Sie schaute in den Spiegel und

betrachtete sich einen Moment lang. Sie war das komplette Gegenteil von Mia. Beide Frauen waren 24 Jahre alt. Angel hatte langes, blondes, lockiges Haar das scheinbar immer mal wieder sein Eigenleben entwickelte und schwer zu bändigen war. Ihre Augen waren grün und erinnerten an Smaragde, nur etwas heller. Sie war mit ihren 1,66m recht klein, fast zierlich gebaut, trotz ihrer herrlich weiblichen Rundungen. Eben nichts Besonderes, ganz gewöhnlich, ihrer Definition nach. Doch an Angel war ganz und gar nichts gewöhnlich. Das wurde jedem sofort klar der sie ansah. Ihre Eltern hatten mit der Wahl ihres Namens den Nagel buchstäblich auf den Kopf getroffen. Ihre herzliche und freundliche Art, das zarte Gesicht und diese großen, treuen Augen. Nein, an ihr war nicht das Geringste unscheinbar.

2. Im Cafe´

Angel und Mia hatten sich für den folgenden Tag in einem kleinen Cafe´ verabredet. Sie trafen sich oft dort, beinah wöchentlich einmal. Es war ein kleines und gemütliches Cafe´ in dem man die Zeit vergessen konnte, einfach dem Trubel der Stadt entfliehen. Das Dekor, die Stühle und Tische und auch die Fenster und die Tür erinnerten an Paris. Gemütliche Rot- und Brauntöne, kleine floristische Muster an Fenstern und Türen, natürliche Eleganz, ohne das es einen erdrückte.

Es erinnerte Angel an die Zeit, die sie das letzte Mal in Paris verbrachte. Sie war damals gerade acht Jahre alt gewesen und erinnerte sich dennoch an jedes Detail ihrer Reise. Zu der Zeit war ihre Welt noch in Ordnung gewesen und sie mit ihren Eltern zusammen. Ihr Vater war Gründer und Vorstandsvorsitzender eines renommierten Bauunternehmens, welches sich bereits durch mehrere Zweigstellen weltweit auszeichnete. Die Zeit gemeinsam war kostbar und selten. Nicholas Monnahan hatte es geschafft. Er arbeitete hart und verdiente Millionen.

Seiner Frau und seiner Tochter las er jeden Wunsch von den Augen ab und jede freie Minute verbrachte er mit ihnen.

Das Vermächtnis an seine Tochter war somit eine Millionenschwere Firma. Bis Angel volljährig war, wurde die Firma allein durch einen Partner geführt und auch ihr Vermögen verwaltet. Als sie dann alt genug war, beschloss sie alles so zu lassen wie es war. Sie wollte das Herzstück ihres Vaters nicht aufgeben, doch sich ihrer Vergangenheit stellen konnte und wollte sie auch nicht. Also blieb sie im Hintergrund, als eine stille Teilhaberin. Einmal im Quartal erhielt sie Berichte über den Verlauf und die Bilanzen, wurde zu großen Entscheidungen dazu geholt, doch das Sagen überließ sie dem ehemals besten Freund und Partner ihres Vaters. Das Geld aus der Firma, nutzte Angel nicht für sich. Fast alles spendete sie an wohltätige Organisationen. Sei es für Tiere, Kinder, Krebshilfen, Veteranen, sie versuchte ihr Bestes zu geben.

Angel selbst bedeutete Geld nicht viel, sie war mit dem zufrieden was man zum Leben brauchte. Mehr als das, verursachte Probleme, zumindest wurde ihr das in der Vergangenheit unfreiwillig beigebracht.

Ihre Adoptiveltern Mason und Emely Lockert waren ebenfalls gut situiert, doch das war ihr egal. Auch wenn Angel nie über ihre leiblichen Eltern sprach, sie vermisste sie und dachte täglich an die beiden.

„Okay, nun erzähl schon und lass ja nichts aus," spornte sie ihre Schwester an, wobei das scheinbar unnötig war.

Mia platzte bereits vor Aufregung ihr alles bis ins kleinste Detail zu verraten. Am Ende ihrer Ausführungen gab es nur noch eines zu erwähnen. Mia war sich allerdings nicht so sicher ob es Angel gefallen würde.

„Was ich dir noch sagen wollte…", Mia zögerte etwas.

„Nun spuck schon aus", erwiderte Angel lachend.

„Für Donnerstagabend ist ein Dinner geplant. Mom, Dad, du und ich, sowie Bryan mit seinen Eltern und auch sein Trauzeuge wird da sein. Die beiden kennen sich seit dem College, obwohl er drei Jahre älter ist wie Bryan. Ein netter und wahnsinnig gut aussehender Typ."

Angel zog scharf die Luft ein. "Das wird jetzt aber kein Verkupplungsversuch von dir oder?"

„Nein, ich weiß ja wie du dazu stehst", erwiderte Mia mit Unschuldsmiene. "Aber sein Freund ist Zane Dawson."

Angel schluckte hart. Schon allein seine Anwesenheit machte die Hochzeit für die Öffentlichkeit noch interessanter. Mia hatte recht, die Sache gefiel ihr nicht, dazu kam noch das sie als Trauzeugen auch einiges miteinander zu tun hätten. Bryan und Mia wollten nicht lange warten und zählten auf ihre Unterstützung und Mithilfe.

„Ich werde pünktlich dort sein, keine Sorge. Zane Dawson hin oder her." Obwohl ihr ein wenig flau im Magen war.

Außerdem sehe ich die Gellars wieder. Sie werden sich wahrscheinlich noch genau an die Zeit vor vierzehn Jahren erinnern.

Angel nahm sich vor mit Bryan darüber zu reden. Er musste ihnen ihren neuen Namen erklären und ihnen sagen das sie nicht über die Vergangenheit sprachen. Bryan sollte ihnen sagen das sie von ihrem Patenonkel adoptiert wurde und mehr wäre nicht nötig.

Mia stopfte sich noch rasch ihren Keks, den sie stets bis zum Schluss aufhob, in den Mund und verabschiedete sich mit einer festen Umarmung von Angel.

Am Mittwoch hatte Angel einen eher ungewöhnlichen Besucher. Es war ein fünfzehnjähriger Junge, der aber schon wesentlich älter wirkte. Nicht nur durch seine recht große Statur, sondern auch wegen seines ernsten Gesichtsausdrucks. Ein Ausdruck den man für gewöhnlich nicht in der Form bei einem Kind erwartet, Teenager hin oder her, ein Kind war er dennoch. Er wurde von der Schule zu ihnen geschickt, doch bisher war kein ran kommen an ihn, jeder der es versuchte, versagte. In den letzten Monaten hatte er sich von einem netten Einser-Schüler zu einem zurückgezogenen Vierer-Schüler entwickelt. Grenzte sich selbst überall aus und traf auch seine Freunde nicht mehr. Anfangs hatte man angenommen es hätte alles mit dem Tod seiner Mutter vor zwei Jahren zu tun, bis die ersten blauen Flecke an seinen Unterarmen den Lehrern auffielen. Aus Angst er könne sich den Drogen zugewendet haben, inklusive aller Probleme die das mit sich brachte, wollte man, das er sich einmal mit ihnen unterhielt. Doch Alec Bouwer dachte nicht daran auch nur ein Wort zu sagen. Man hatte ihn mit der Vermutung konfrontiert, er hätte Drogen konsumiert. Er hatte sie in dem Glauben gelassen, das war besser in seinen Augen, als die Wahrheit.

Nun saß er in einem kleinen farbenfrohen Büro mit einer Sozialarbeiterin, die Antworten von ihm erwartete, die er schon in der Schule verweigerte. Er wollte dort nicht sein, doch ihm blieb nichts anderes übrig. Der nächste Schritt war, dass sein Vater informiert werden würde. Angel Donovan hatte das jedoch abgelehnt. Sie wollte sich zuerst mit ihm unterhalten, wahrscheinlich ahnte sie etwas. Alec war erleichtert und genervt zugleich. Er wollte es nicht zugeben, doch von Miss Donovan war er überrascht. Sie fragte einmal und bohrte nicht nach, im Gegenteil. Auf die Frage wie es denn zu Hause war, wurden seine Augen dunkler und er verschloss sich vollends. Auch auf die Frage wie es in der Schule lief, antwortete er eher einsilbig. Also schwang sie auf unverfängliche Themen um. Sport. Hobbys. Und dann war die eine Stunde auch rasch um. Vorerst hielten sie seinen Vater raus aus der Sache. Doch er musste wieder kommen. Und er musste reden. Angel gab ihm ihre

Karte und notierte auch ihre Handynummer. Irgendetwas war an diesem Jungen was sie beunruhigte, was es war konnte sie nicht sagen. Aber feststand er brauchte Hilfe, auch wenn er sie zu diesem Zeitpunkt noch ablehnte. Angel bezweifelte zudem stark, dass Alec je irgendwelche Drogen nahm. Diesen Jungen schien etwas ganz anderes zu bedrücken.

3. Das Dinner

Ich glaub so kann ich gehen.

Angel stand vor dem großen Spiegel in ihrem Schlafzimmer und betrachtete sich von allen Seiten. Sie trug ein schlichtes schwarzes Kleid aus Chiffon, das ihr nicht ganz bis zu den Knien reichte. Es hatte schmale Träger und betonte ihren Busen, von der Taille verlief es in A Linien Form abwärts. Ihre Haare hatte sie wie meistens offen und der einzige Schmuck den sie trug, war eine zierliche silberne Kette mit einem kleinen Engelsanhänger. Die Kette trug sie eigentlich immer. Zu ihrem siebenten Geburtstag hatte ihre Mom ihr sie geschenkt.

Auf dem Weg ins Restaurant hatte Angel ein ungutes Gefühl im Bauch. An jeder Ampel, an jeder Kreuzung an der sie halten musste, warf sie ein Auge auf ihr Telefon. Am Nachmittag hatte sie einen beunruhigenden Anruf erhalten. Es ging um Alec Bouwer. Als Alec nicht zum vereinbarten Termin zu ihr kam, beschloss sie zu ihm zu fahren. Doch sie traf weder ihn noch seinen Vater an. Gerade als sie

24

gehen wollte kam ein junges Mädchen vorbei, etwa im selben alter wie Alec. Sie erzählte ihr, dass der Vater noch vor sieben Uhr am Morgen das Haus verlassen hatte. Direkt nach lautem Geschrei und Geschimpfe, das kam wohl vermehrt vor. Seit Jahren wohnten sie nebeneinander und waren auch mal gut befreundet, bis seine Mutter an Krebs verstarb.

„Er war nicht in der Schule", erzählte sie besorgt weiter. „Er sitzt in Physik direkt vor mir und auch in den Pausen habe ich ihn nicht gesehen."

All das, genügte Angel, um sich Sorgen zu machen. Laut seinen Unterlagen hatte Alec noch nie unentschuldigt gefehlt. Mrs. Attler, die Leiterin und zeitgleich ihre Chefin, meinte für den Tag könne man nichts mehr tun. Sie versprach ihr, später noch einmal bei dem Vater anzurufen und wollte sich melden, wenn sie etwas erfahren hatte.

Während Angel das Restaurant betrat, sah sie auf ihre Uhr.

Zwei Minuten vor sechs. Genau pünktlich.

Lange suchen brauchte sie nicht und auch der nette Ober hätte sich die Mühe sparen können, sie zu begleiten. Emely, ihre Mutter, fiel ihr sofort auf. Trotz ihrer fünfzig Jahre hatte sie noch dasselbe dunkelbraune, glatte Haar wie das ihrer Tochter, nur kurz geschnitten. Man könnte sie glatt acht bis zehn Jahre jünger schätzen. Sie trug ein knallrotes, elegant geschnittenes Kostüm, welches ihre schlanke Figur betonte. Als Emely Angel entdeckte, strahlte sie über das ganze Gesicht. Angel ging auf den bereits vollbesetzten Tisch zu. Außer ihrem, war nur noch ein Stuhl frei, direkt neben Bryan.

Na wenigstens bin ich nicht die Letzte, wo ich doch schon mal pünktlich bin.

Von jedem der Anwesenden wurde sie herzlich begrüßt, von Mason und Emely gab es einen leichten Kuss auf die Wange.

„Miss Donovan. Es ist sehr schön sie wieder zu sehen", begrüßte sie Mrs. Gellar. Also war ihr sehr wohl bewusst wer sie war und Bryan hat seine Hausaufgaben gemacht.

„Setz dich doch Angel, mein Trauzeuge müsste auch jeden Moment eintreffen", ertönte die sanfte Stimme von Bryan und schob ihr den Stuhl direkt neben Mia zurecht. Angel hatte gerade platz genommen, als sie ihn sah. Er kam genau auf sie zu. Seine Bewegungen waren elegant und er strotzte nur so vor männlicher Stärke. Sein schwarzes Haar wirkte als hätte jemand seine Hände darin vergraben gehabt und war doch irgendwie ordentlich. Für einen Moment dachte sie, seine himmelblauen Augen ruhten nur auf ihr, was ihr einen leichten Schauer über den Rücken jagte. Mia lag genau richtig, er sah verdammt gut aus.

Auch ohne von Mia seinen Namen zu kennen, wusste Angel um wen es sich handelte, denn er war bei weitem kein Unbekannter. Zane Dawson gehörte mit seinen 29 Jahren zu den reichsten Männern Amerikas. Er hatte durch ein unglaubliches Gespür, Lücken im Markt entdeckt und gefüllt. Nachdem er die Stahlbaufirma seines Vaters übernommen hatte, brachte er diese bis an die Spitze. Inzwischen gab es Zweigstellen weltweit, zudem besaß er eine beachtliche Anzahl an Immobilien. Würde sein Vater noch leben, er wäre stolz auf seinen Sohn. Oft zierte Zanes markantes, mit drei tage Bart geschmücktes Gesicht, entsprechende Titelblätter etlicher Magazine, von Klatschpresse bis Wirtschaftsmagazinen.

Er war einer der begehrtesten Junggesellen New Yorks und noch keine Frau hatte es geschafft sein Herz vollends für sich zu gewinnen.

Während Bryan seinen Freund herzlich begrüßte, zwinkerte Mia Angel unauffällig zu. Sie konnte es also doch nicht lassen. Nur würde Zane sich kein Stück für sie interessieren und Angel selbst war bewusst, dass sie sich von einem Mann wie ihm, der stets in der Öffentlichkeit stand, besser fernhalten sollte.

Dann stellte Bryan ihm einen nach dem anderen vor, wobei er Mia bereits kannte. Zane wusste das Mia ihre Schwester zur Trauzeugin wählte, umso überraschter war er über die unterschiedlichen Nachnamen. Bis Bryan ihm, nachdem sie sich gesetzt hatten, leise erklärte, dass Angel adoptiert war. Bisher hatte es noch keine Frau geschafft Zane Dawson in irgendeiner Form aus dem Konzept zu bringen. Doch mit Angel könnte sich das ändern. Sie fiel ihm schon auf, als er das Restaurant betreten hatte. Sie lächelte gerade Mia zu und sah aus wie ein Engel. Während der Kellner weitere Getränke brachte und die Vorspeise ankündigte, warf er immer wieder einen Blick auf sie. Angel selbst schien ihn zu ignorieren, zu seiner Überraschung sah sie nicht einmal zu ihm. Zane mochte ihre unaufdringliche, fast schüchterne Art. Sie sah ihn nur an, wenn er sie direkt ansprach und wenn dann ihre leuchtend grünen Augen auf seine trafen, spürte er ein ziehen in den Lenden. Er dachte nicht wie sonst so oft daran sie einfach nur ins Bett zu bekommen. Nein, da war viel mehr, etwas was ihn faszinierte. Er wollte sie näher kennen lernen. Angel hatte etwas Geheimnisvolles an sich, was er nur zu gern entdecken wollte. Hin und wieder blieb sein Blick an ihren Lippen hängen. Wie wunderbar würden sich diese anfühlen, wie gern würde er sie küssen. Im Grunde freute er sich jetzt auf die nächsten Wochen, denn als Trauzeugen würden sie einige Zeit miteinander verbringen. Was er allerdings nicht verstand war das Bryan bisher noch nie über sie gesprochen hatte. Das erste Mal als er ihren Namen erwähnte, war der Tag als Bryan ihm erzählte wer Mias Trauzeugin war. Und doch schienen die beiden sehr vertraut miteinander.

Mitten während der Vorspeise klingelte ein Telefon. Angel entschuldigte sich hastig, sprang auf und ging mit dem Handy bereits am Ohr in Richtung Ausgang. Nur wenige Minuten später kam sie zurück, bedauerte das sie gehen musste und flüsterte Bryan noch ins Ohr das sie am nächsten Tag seine Hilfe bräuchte.

4. Alec Bouwer

Angel war auf dem Weg zum Krankenhaus beruhigt und besorgt zugleich. Am Telefon teilte man ihr mit, dass Alec mit leichten Verletzungen zu ihnen gebracht worden war und als man fragte wer informiert werden sollte, gab er ihnen ihre Visitenkarte.

Als sie in der Notaufnahme eintraf, saß Alec mit gesenktem Kopf, zerrauften schwarzen Haaren und baumelnden Beinen auf seiner Liege. Als sie näher trat, sah Alec sie grimmig an.

Er war überrascht und froh sie zu sehen, auch wenn er es sich nicht anmerken lies. Sie war sehr nett und unaufdringlich beim ersten Treffen gewesen. Als ihn also der Arzt fragte, wen er informieren sollte, fiel ihm nur Miss Donovan ein. Seinem Vater bescheid zu geben war unmöglich. Zum ersten, weil sie ihn sowieso nicht erreicht hätten und zum andern, weil er es war dem Alec die Platzwunde zu verdanken hatte. Es war wie so oft, sein Vater kam angetrunken nach Hause, schlug ihn aus irgendwelchen Gründen und dieses Mal lief Alec davon. Er war der Letzte den er jetzt sehen wollte.

Alec wusste, dass Angel ihn jetzt ausfragen würde. *Wer war das? Was hat er getan? Und so weiter.* Doch Alec war nicht bereit darüber zu reden. Er wollte nur eines, ohne Angst in dieser Nacht schlafen gehen, er war erschöpft und müde.

„Ich habe keine Lust zu reden."

„Das musst du auch nicht Alec. Ich bin hier um dich abzuholen und ich bin froh das du mich hast anrufen lassen."

Für einen Moment sah er sie überrascht an.

„Keine dummen Fragen?", brummte er und sah wieder zu Boden.

Ihn so zu sehen versetzte Angel einen kleinen Stich mitten in ihr Herz. Er wirkte in diesem Moment viel jünger als er tatsächlich war. „Doch. Eine einzige Frage habe ich an dich und ich möchte auch das du sie mir beantwortest."

„Vergiss es", schoss Alec wütend zurück. Wenn Blicke töten könnten.

„Warum? Warum willst du nicht sagen was passiert ist oder was in letzter Zeit mit dir los ist?" Angel setzte sich neben ihn auf die Liege und sah ihn an.

„Das ist die eine Frage?" Alec war skeptisch, doch reden wollte er dennoch nicht.

„Ja. Nur warum. Du musst nicht sagen was passiert ist oder wer es war, auch wie es dazu kam möchte ich im Augenblick nicht wissen. Nur warum du mir nicht vertrauen willst, um es zu sagen oder mit mir darüber zu reden."

„Wer sagt das ich es nicht will?"

Es entstand eine kurze Pause. *Konnte er ihr vielleicht doch genug Vertrauen entgegen bringen?* "Was hältst du davon, wenn wir etwas essen gehen? Dein Dad ist noch nicht zu Hause, ich habe versucht anzurufen, also haben wir noch ein wenig Zeit. Und ich habe einen Bärenhunger." Wie auf Kommando knurrte ihr Magen so laut, dass auch Alec es hören konnte.

„Okay, wenn du versprichst mich nicht auch noch zu beißen oder anzubellen."

„Hunde die knurren beißen nicht."

Und das erste Mal sah sie, wie sich ein leichtes Lächeln über seine Lippen stahl.

Nur eine halbe Stunde später saßen sich beide in einem Burgerladen gegenüber und stopften Cheeseburger, Pommes und Cola in sich hinein.

Nicht gerade gesund, aber man darf auch mal zuschlagen.

Angel bemerkte, wie Alec anfing unruhig auf seinem Stuhl umher zu rutschen.

„Was ist los Alec?"

„Ich … ich. Du wolltest doch das WARUM wissen."

„Ja das stimmt. Möchtest du es mir sagen?" Sie sah ihn an und lächelte, obwohl ihr das angesichts der frisch genähten Platzwunde über seiner linken Augenbraue schwer fiel.

„Ich bin mir nicht sicher, ob du mich danach noch magst."

„Wie kommst du darauf das ich dich mag?", sagte Angel scherzhaft und verzog eine Grimasse.

„Punkt für dich. Vielleicht sollte ich auch eine Frage stellen."

„An mich? Und wie lautet die Frage?"

„Nein. Mehr an mich selbst. Warum lass ich zu, dass er das mit mir macht?" Alec sah sie traurig an, wandte dann den Blick ab und sah aus dem Fenster.

„Du schämst dich dafür, was er mit dir macht und du dich nicht wehrst. Deswegen willst du nicht darüber reden", stellte Angel fest. Ohne den Blick von ihm zu nehmen, rückte sie mit ihrem Stuhl neben ihn und legte ihre Hand auf seinen Unterarm. Sie spürte wie er sich leicht anspannte, doch sie zog die Hand nicht zurück, sondern drückte leicht zu, um ihm den Mut zu geben, weiter zu reden.

„Wenn man mich sieht, geht doch jeder davon aus das ich mich wehren könnte, immerhin sind wir gleich groß", sagte Alec laut und schleuderte dabei eine Pommes quer durch den Raum.

„Es ist nicht immer von der körperlichen Statur abhängig, Alec. Es gibt Frauen die schlagen ihre Ehemänner, wusstest du das? Und sie lassen es zu. Nicht weil sie sich nicht wehren könnten, sondern weil es die Person vollbringt die sie einmal geliebt haben oder noch immer lieben. In der Hoffnung sie könnten sie auf den richtigen Weg zurück bringen. Doch dafür benötigt man Hilfe. Professionelle Hilfe." Nun sah er sie wieder an und überlegte.

„Ich werde mit dir reden, aber NUR mit dir", betonte er. "Wenn ich bereit bin."

„In Ordnung, damit kann ich leben. Aber du musst mir sagen wer es war Alec. Davon hängt es ab, wo ich dich gleich hinbringen werde."

Alec zögerte. Natürlich wollte er nicht wieder nach Hause. Er konnte es kein einziges Mal mehr ertragen von ihm angefasst zu werden. „Mein Dad."

Im Grunde hatte Angel sich das schon gedacht. Nachdem was sie von dem Mädchen gehört hatte und die Art wie Alec sich beim ersten Gespräch verschlossen hatte, als sie ihn nach seinem Zuhause fragte, sowie die Panik in seinen Augen als man mit seinem Vater sprechen wollte.

Beide saßen noch eine ganze Weile im Burgerladen, bis Angel ihn schließlich in das Heim von *We for you* brachte. Vorher hatte sie Mrs. Attler bereits per Mail darüber informiert und sie erwartete ihn bereits.

Es war beinah 2:00 Uhr Morgens als Angel todmüde in ihr Bett fiel.

5. Rache

Der Freitag verlief nicht ganz komplikationslos. Mrs. Attler konnte eine vorübergehende Vormundschaft vor Gericht für Alec bewirken, aufgrund von familiären Misshandlungen. Auch Bryan war gegen Mittag vorbeigekommen, um mit Alec zu reden. Um seinem Vater das Sorgerecht zu entziehen und Alec somit in Sicherheit zu bringen, brauchten sie seine Aussage was er mit ihm gemacht hatte. Doch man bekam aus diesem Jungen einfach nichts heraus. Alec´s Körper war mit Hämatomen übersät. Wenn er allerdings nicht wiederholte, dass ihm sein Vater die blauen Flecken zugefügt hatte, wäre es möglich das er wieder zu ihm zurück musste. Als sich Angel gegen 19:00 Uhr auf den Weg nach Hause begab, hatte sie ein ungutes Gefühl im Bauch. Es musste doch etwas geben, was sie für ihn tun konnte.

Etwa zur selben Zeit bekam Alec einen Anruf von seinem Vater. Dieser war aufgebracht und brüllte fast nur in den Hörer. So laut, das Alec ihn sich ein Stück vom Ohr fern halten musste. Er wollte ihn zurück, dafür würde er schon sorgen, hatte er gesagt.

„Dieser kleinen Schlampe werde ich es zeigen, immerhin weiß ich wo sie wohnt. Niemand nimmt mir meinen Sohn weg. Du gehörst zu mir, hast du verstanden." Das war das Letzte was er sagte bevor er auflegte. Alec kannte seinen Vater und wusste nur zu gut, dass dieser seine Drohungen wahr machte. Besonders in diesem Zustand, wütend und angetrunken. Er wusste nicht genau was er jetzt tun sollte. Also suchte er eine der Betreuerinnen auf und wollte Angel anrufen, um sie zu warnen, doch bei ihr kam er nicht weit. Mrs. Zanders schickte ihn zurück in sein Zimmer. Sie meinte, er bräuchte sich keine Sorgen zu machen, solche Anrufe von aufgebrachten Angehörigen seien keine Seltenheit und die Adressen der Sozialarbeiter wären vertraulich. Doch Alec fand keine Ruhe. Angels Nummer hatte er nicht mehr, doch er wusste in etwa wo sie wohnte. Sie hatte es ihm erzählt. Er musste nur herausfinden, wo der Laden direkt gegenüber von ihrem Appartementblock war, von dem sie gesprochen hatte. Das war eine Leichtigkeit, Google sei Dank. Und es war auch gar nicht so weit wie er befürchtete.

Ein Fahrraddiebstahl wird man mir wohl verzeihen können, zumindest unter den Umständen.

Angel hielt noch schnell beim Supermarkt an, um sich noch etwas für das Abendessen zu holen. Sie mochte es einfach durch die Regale zu schlendern, vor allem zu der Zeit, denn es waren nur noch wenige Menschen einkaufen. Endlich zu Hause angekommen, stellte sie ihren Wagen auf dem großen Parkplatz neben dem Gebäude ab, so wie sie es immer tat. Gerade wollte Angel ihre Einkäufe aus dem Kofferraum nehmen, als sie jemand von hinten packte. Sie spürte einen heftigen Tritt in ihre Kniekehle und noch einen gegen ihren Oberschenkel, woraufhin sie stöhnend zusammen sackte. Viel Zeit zum Nachdenken hatte sie nicht, als schon der nächste Fußstoß folgte, genau auf ihren linken Rippenbogen. Der Schmerz fuhr ihr durch den gesamten Körper und presste für einen Augenblick die ganze Luft aus ihren Lungen. Zusammengekrümmt vor Schmerz lag sie auf dem Boden, während ihr Angreifer, vor Wut und Anstrengung schnaubend, weiter auf sie eintrat. Angel versuchte sich so einzurollen das die wichtigsten Bereiche ihres Körpers, wie Kopf und Brustkorb, geschützt waren. Auf die Weise trat er zum größten Teil gegen ihre Oberschenkel und traf noch einmal ihre Rippen.

„Du hast es nicht anders verdient, du Miststück."

Angel nahm seine Stimme nur noch dumpf wahr, das Blut rauschte in ihren Ohren und der Schmerz wurde unerträglich. Wie aus dem Nichts vernahm sie eine vertraute Stimme. „Lass sie sofort in Ruhe", schrie diese und kam rasch näher. Sie hörte einen Schlag und ihr Angreifer ging zu Boden.

Alec baute sich schützend vor Angel auf und sah seinem Vater direkt in die Augen, während dieser sich wieder, mit aufgeplatzter Lippe, erhob. Der Sohn lehnte sich zum ersten Mal gegen seinen Vater auf. Er konnte und wollte nicht zulassen, dass Angel dafür bezahlte, nur weil sie ihm geholfen hatte. Alec dachte nicht darüber nach was er da tat, alles was er wollte war, Angel zu beschützen.

„Sieh an. Du hast ja doch Schneid mein Junge. Und jetzt geh mir aus dem Weg." Er sprach beängstigend ruhig, doch die Drohung darin war nicht zu überhören.

„Nein."

Schon folgte der nächste Fausthieb, diesmal in die Richtung von Alec, dieser duckte sich schnell genug und er verpasste seinem Gegner einen Schlag in die Magengrube und noch einen mitten auf sein Kinn, so dass sein Vater rückwärts fiel und unsanft mit dem Kopf auf dem Asphalt aufschlug. Er wurde bewusstlos. Alec kauerte sich neben Angel, er wollte sich vergewissern das sie halbwegs in Ordnung war. Er sagte immer wieder, wie Leid ihm das alles täte und er half ihr sich aufzurichten. Doch schon der Versuch, ließ sie vor Schmerz aufstöhnen und wieder in sich zusammen sinken. Als er ihre Tasche sah, suchte er schnell nach ihrem Handy und rief einen Krankenwagen und die Polizei.

Alec blieb die ganze Zeit im Wartebereich der Notaufnahme. Er informierte die Betreuerin im Heim per Telefon darüber wo er sich aufhielt und es dauerte nicht lange, bis auch Grace Attler eingetroffen war. Angel hatte wirklich Glück gehabt, nicht zu guter Letzt hatte sie das ihrem jungen Helden zu verdanken. Abgesehen von zwei angebrochenen Rippen und etlichen Prellungen und Hämatomen an Rumpf und Beinen, ging es ihr gut. Gegen die Schmerzen hatte ihr der Arzt Ibuprofen verschrieben, welches sie dreimal am Tag einnehmen sollte und viel Ruhe. Doch die größte Überraschung kam erst noch.

Grace brachte Alec wieder zurück zum Heim. Zum Abschied bedankte sich Angel bei ihrem Retter mit einer festen Umarmung, die dieser ohne zögern erwiderte, wenn auch sehr vorsichtig, da er ihr nicht unnötig wehtun wollte. Wer weiß was geschehen wäre, wenn er ihr nicht plötzlich zur Seite gestanden hätte. Anschließend fuhr Grace auch sie nach Hause. Half ihr auf die Couch und machte ihr noch einen Tee.

Während beide Frauen versuchten sich ein wenig zu entspannen teilte Grace Angel mit, dass Alec noch im Krankenhaus mit der Polizei gesprochen hatte. Anschließend hatte er sich bereit erklärt gegen seinen Vater vor Gericht auszusagen. Nicht nur in Angel ihrem Fall, sondern er war auch bereit zu erzählen, was sein Vater ihm seit Monaten angetan hatte. Obwohl es ihm schwer fiel, hatte er zugegeben von ihm misshandelt und auch missbraucht worden zu sein.

Das Wochenende verlief ruhig. Angel

nahm ihre Schmerzmittel, ohne die sie den Samstag kaum überstanden hätte und ruhte die meiste Zeit auf der Couch aus. Beide Tage hatte sie mit Alec telefoniert und einmal hatte er sie sogar besucht und Kuchen mitgebracht. Der Montagmorgen war schon erträglicher. Die Schmerzen wurden weniger und sie fühlte sich nicht mehr ganz wie eine neunzig jährige Frau. Für 12:00 Uhr hatte sie sich einen Termin bei Bryan geben lassen. Vorrangig ging es um die Anzeige wegen Körperverletzung gegen William Bouwer, aber sie wollte auch gleich wegen Alecs Fall mit ihm sprechen. Die Vorgespräche für das Gericht würde er dann mit Alec im Heim führen. Als sie vor Bryan saß und dieser den Polizeibericht las wurden seine Augen immer größer.

„Mein Gott Angel. Ich will mir gar nicht vorstellen was hätte noch alles passieren können. Warum hast du nicht gleich angerufen?"

„Bryan, das war nicht nötig. Und ich möchte dich um etwas bitten. Sag weder etwas zu Mia, noch zu Mason und Emely. Das würde sie nur unnötig aufregen und sie würden sich unnütz Sorgen machen."

„Ich bin zum Stillschweigen verpflichtet, natürlich werde ich ihnen nichts erzählen,

43

wenn du es nicht möchtest." Bryan machte eine Pause und schaute auf seinen Schreibtisch. "Wissen sie was damals passiert ist?"

Angel wusste sofort wovon Bryan sprach. „Ja und Nein. Sagen wir, die grobe Geschichte kennen sie. Mason ist mein Patenonkel, Mom und er waren seit Kindheit an befreundet. Über das, was genau passiert ist, habe ich bisher nur mit Dr. Peterson gesprochen." Ihre Stimme klang heiser bei dem Gedanken daran zurück. Was sie nicht wusste war, dass Bryan mehr Einzelheiten kannte, als sie ahnen konnte. Bryan nickte ihr stumm zu.

Nachdem sie alles was den Fall anging besprochen hatten verließen sie sein Büro. Bryan nahm sie zum Abschied in die Arme und gab ihr einen leichten Kuss auf die Stirn. Als Angel sich zum Gehen abwandte stand Zane vor ihr und sofort fing ihr Herz wie wild an zu pochen. Warum nur reagierte sie so auf ihn? Im Restaurant war es ihr auch schon so ergangen, als er auf sie zukam. Sie nickte ihm kurz zu und ging weiter Richtung Aufzug.

Zane sah seinen Freund skeptisch an, was dieser mit hochgezogenen

Augenbrauen quittierte. Er wusste nicht recht, was das Verhalten der Beiden, zu bedeuten hatte.

„Hast du unser Mittagessen etwa schon vergessen?"

„Nein, natürlich nicht. Wir können sofort los, ich hol nur eben meine Jacke."

Zane überlegte, was er von der Situation halten sollte. Entweder er täuschte sich oder die beiden gingen doch sehr vertraut miteinander um. Dazu kam noch, dass es diese Frau schon wieder schaffte ihn aus dem Gleichgewicht zu bringen. Die Art wie sie sich bewegte, der Duft nach Magnolien der ihm in die Nase stieg, wenn sie vorbeiging, diese großen grünen Augen die ihn erschauern ließen, wenn sie ihn ansah. Alles in seinem Inneren zog sich zusammen, weckte das Verlangen in ihm sie zu besitzen, zu schützen, die zarten Lippen zu küssen. Er wollte sie mit jeder Faser seines Körpers, aber das war es nicht allein, da war noch mehr, was er bis dahin noch nicht benennen konnte. Scheinbar hatte sie aber kein Interesse an ihm und das war für ihn neu. Zane musste sich etwas einfallen lassen.

6. Verlobungsfeier

Die nächsten zwei Wochen waren sehr emotional und anstrengend. Der Prozess gegen Alecs Vater verlief wie erhofft und in den nächsten acht Jahren würde er definitiv niemandem mehr etwas antun können. Für Alec war es nicht leicht gewesen vor Gericht zu erzählen was, er mit ihm gemacht hatte. Doch er hatte es geschafft.

Angel fuhr ihn zweimal pro Woche zu einem Therapeuten, der ihm helfen sollte das erlebte zu verarbeiten. Sie wartete jedes mal bis seine Sitzung beendet war und im Anschluss gingen sie meist noch Eis essen oder einfach nur spazieren. Alec tat es gut einfach nur mit ihr zusammen zu sein, ohne an das alles zurück denken zu müssen.

Angel hatte sich sowieso längst ihrem Arzt widersetzt der ihr nahe gelegt hatte sich mehr ruhe zu gönnen, doch stattdessen ging sie auch längst wieder zur Arbeit. Sie wusste sie sollte eigentlich keine zu feste Bindung zu ihren Schützlingen aufbauen. Doch sie mochte diesen Jungen und er schien sich ebenso wohl in ihrer Gegenwart zu fühlen, außerdem hatte sie ihm ihr Leben zu verdanken. Sie war froh über die Ablenkungen. All das brachte alte Erinnerungen zurück, von denen sie glaubte, sie längst in irgendeiner Ecke ihres Gehirns vergraben zu haben. Auch Angel selbst hatte daran gedacht Dr. Peterson, ihren Psychotherapeuten, der sie seit knapp zehn Jahren begleitete, erneut aufzusuchen. Das letzte Mal war sie bei ihm gewesen kurz, nachdem sie nach New York zurückgekehrt war. Angel konnte unheimlich stur und verschwiegen sein, doch er war der Erste, der es schaffte, das sie sich öffnete. Er war derjenige, welcher Angel dazu brachte, von ihren Erlebnissen in der Kindheit zu erzählen. Er war es, dem sie sagte, wie schuldig sie sich fühlte, auch wenn ihr keine Schuld zukam, immerhin war sie noch ein Kind gewesen. Doch an ihren Gefühlen konnte sie nichts ändern. Zu niemandem sonst hatte sie je auch nur ein Sterbenswörtchen gesagt. Dr. Peterson kannte jedes Detail, Dinge die Angel sonst nie jemandem erzählt hatte.

Am kommenden Samstag sollte endlich die offizielle Verlobungsfeier von Mia und Bryan stattfinden. Angel hoffte nur, sie könne die Feier richtig genießen, denn seit zwei Tagen nahmen die Schmerzen in ihrem Rippenbogen wieder rapide zu. Daher beschloss sie, noch einmal ihren Arzt aufzusuchen. Wie sich herausstellte, hatte sie sich zu allem Überfluss auch noch eine Rippenfellentzündung zugezogen. Nichts was nicht ein paar Tabletten wieder in Ordnung bringen würden. Zu guter Letzt hatte sich am Donnerstagabend auch noch ihr Auto verabschiedet und musste in die Werkstatt geschleppt werden. Als Angel das bei ihrer Shoppingtour mit ihrer Schwester am Freitag erwähnte, weil diese sich wunderte, dass sie mit einem Taxi bei ihrem Lieblingscafe´ erschien, meinte diese direkt, dass es Zeit für einen neuen Wagen wurde. Doch Angel wollte kein neues Auto, sie liebte ihren kleinen roten Flitzer, der sie seit ihrem sechzehnten Geburtstag begleitete. Mia wollte nicht, dass Angel am nächsten Abend ein Taxi nahm, sie meinte das sei für die späte Rückfahrt dann viel zu unsicher. Also schlug sie ihr vor jemanden zu schicken, der sie abholen sollte. Begeistert war Angel von der Idee nicht gewesen, stimmte aber nach einigem hin und her zu. Es brachte nichts mit Mia zu diskutieren, am Ende setzte sie sich ja doch immer durch.

Samstagmittag, nach einem entspannten, ausgiebigen Wellness-programm, rief Bryan bei Angel an, um ihr zu sagen das Zane sie gegen 18:00h abholen werde.

„Warum Mr. Dawson? Bryan ich möchte wirklich niemandem irgendwelche Umstände bereiten und kann mir auch ein Taxi rufen."

„Kommt gar nicht infrage. Außerdem würde Mia mir den Hals umdrehen."

„War das ihre Idee, dass ich mit ihm fahren soll?" Mia kann es einfach nicht lassen, dachte sie noch, ehe Bryan fortfuhr.

„Nein. Ehrlich gesagt hat Zane es vorgeschlagen, als wir vorhin miteinander sprachen. Er wohnt nicht sehr weit weg von dir und es liegt praktisch auf dem Weg."

„Also gut. Bis heute Abend Bryan."

„Bis heute Abend Kleine." Das hatte er seit Jahren nicht mehr zu ihr gesagt, aber es schlüpfte einfach so mit heraus. Nachdem sie aufgelegt hatte, legte Angel ihre kühlen Hände auf ihre geröteten Wangen. Sie konnte über diese gemeinsame Fahrt nicht denselben Enthusiasmus aufbringen wie ihr zukünftiger Schwager. Zane Dawson machte sie nervös. Schon der Gedanke daran, mit ihm in einem Auto zu sitzen, verursachte ein kribbeliges Gefühl in ihrem ganzen Körper und ließ das Blut in ihre Wangen schießen. Zweimal war sie ihm bisher begegnet und beide Male hatte er genau diese Wirkung auf sie. Sie bekam das Gefühl, nicht mehr klar denken zu können, sobald sie sich im selben Raum aufhielten.

Punkt 18:00 Uhr klingelte es an ihrer Wohnungstür. Das Kleid, welches sie trug, hatte Mia ihr ausgesucht, denn sie meinte es sei wie für sie gemacht und passte perfekt. Es war aber auch wirklich ein Traum von einem Kleid. Die Farbe erinnerte an einen Frühlingsmorgen, noch ehe die ersten Sonnenstrahlen den blass-blauen Himmel in gelbe und orange Töne tauchten. Der Moment, in dem man noch die stärksten Sterne durch das zarte Licht strahlen sah. Auf eben diese wunderbare Weise glänzte der seidige Stoff. Von ihren Hüften bis zu ihren Knöcheln viel das Kleid locker herab, umspielte bei jedem Schritt ihre Schenkel, wie ein sanftes Streicheln.

Am Oberkörper betonte es gekonnt ihre weibliche Figur. Schulterfrei verliefen sowohl vorne wie auch hinten lediglich vier schmale Streifen die sich zu einem Rundhalsausschnitt vereinten. Jeden dieser Streifen zierten kleine Diamanten, die sich vom Hals abwärts verjüngten.

In dem Moment als Angel die Tür öffnete, verschlug es Zane die Sprache und dann schenkte sie ihm auch noch dieses hinreißende Lächeln, welches ihm seit dem Dinner sowieso nicht mehr aus dem Kopf ging. Nie zuvor hatte jemand eine solche Wirkung auf ihn gehabt. Unwillkürlich spannten sich seine Muskeln in seinem gesamten Körper an. Immer mehr verspürte er den Wunsch seine Hände nach ihr auszustrecken, um sie zu berühren, ihre warme Haut unter seinen Handflächen zu spüren. Er hatte Mühe seine Atmung unter Kontrolle zu halten. Es verwirrte ihn, wie sehr er auf diese Frau reagierte. Er hatte schon andere wunderschöne attraktive Frauen, doch keine hatte solche Gefühle in ihm ausgelöst.

Wie sollten sie jetzt noch bis zur Party kommen ohne das er sie auch nur einmal berühren durfte?

Seine Gedanken überschlugen sich. Er lächelte ihr ebenfalls zu und sagte: „Du siehst atemberaubend aus."

"Vielen Dank. Das Kompliment gebe ich gern zurück", erwiderte Angel verlegen mit zarter Stimme und schaffte es nicht ihm direkt in die himmelblauen Augen zu sehen. Zane sah in seinem schwarzen, mit Sicherheit sehr teuren, Dreiteiler wie ein griechischer Gott aus. Sein Dreitagebart, gab ihm etwas Verwegenes und machte ihn einfach unheimlich attraktiv und männlich. Allmählich musste Angel sich eingestehen, dass sie sich zu Zane Dawson hingezogen fühlte.

Doch warum nur machte er sie so nervös?

Nachdem sie in seiner SUV platz genommen hatten, erdrückte sie auch schon die Spannung, die in der Luft lag. Angel fragte sich ob diese auch Zane aufgefallen war. Doch was sie noch schlimmer empfand, war die Stille im Wageninneren, also beschloss Angel das zu ändern.

„Mia sagte du und Bryan habt euch am

College kennengelernt?"

„Ja das stimmt. Wir bezogen im ersten Jahr dasselbe Zimmer." Zane sah sie an und blaue Augen trafen auf grüne. Er fragte sich, ob sie nur so fragte oder ob sie ihn vielleicht doch gern näher kennenlernen wollte. Bisher hatte sie schließlich nie irgendwelches Interesse gezeigt. Aber das war seine Chance etwas über sie zu erfahren.

„Und auch nach dem College seit ihr in Verbindung geblieben."

„Was soll ich sagen, wir teilen eine Leidenschaft, welche unsere Freundschaft noch vertieft hatte." Er grinste sie breit an und sofort schlug Angels Herz gleich schneller.

„Verrätst du mir welche?"

„Boote, das Meer, die Ruhe."

Angel nickte ihm zu. „Ich schätze, wenn man kaum einen Schritt tun kann, ohne beobachtet zu werden, ist es wichtig auch einmal allein sein zu können."

Zane sah sie überrascht an. „Stimmt." Sie sprachen noch eine Zeit lang weiter über ihre Studienzeit und Zane gab ein paar lustige Sachen zum besten, die Bryan und er so veranstaltet hatten.

„Wie hast du die Lockerts

kennengelernt? Oder sollte ich das besser nicht fragen?"

„Mason ist mein Patenonkel. Deshalb kam ich damals zu ihnen." Was mit ihren Eltern geschah, verschwieg sie ihm. Mason hatte damals keine Sekunde gezögert sie zu sich zu nehmen, egal welches Risiko damit verbunden war.

„Du und Mia ihr steht euch sehr Nahe oder?"

„Ja das stimmt. Sie ist nicht nur meine Schwester, sondern auch meine beste Freundin. Hast du Geschwister?"

Zane war überrascht, dass sie scheinbar kaum etwas von ihm wusste und es gefiel ihm ehrlich gesagt. „Nein, ich habe leider keine Geschwister. Meine Familie besteht nur noch aus meiner Mutter und mir. Mein Vater starb vor ein paar Jahren. Anschließend übernahm ich seine Firma."

„Oh das tut mir leid. Also das mit deinem Dad mein ich. Ich schätze er wäre jetzt ziemlich stolz auf dich."

„Danke. Ja das hoffe ich zumindest."

Sie sprachen die ganze Fahrt über miteinander. Zane erzählte ihr noch ein wenig, wie er zu dem wurde, was er heute ist und sie hörte interessiert zu. Ihr

Scharfsinn für manche Details, wenn Zane von sich sprach, schienen ihn zu beeindrucken und sie war überrascht, wie einfühlsam er sein konnte, wenn sie von ihrem Job erzählte, wo er doch sonst immer so kontrolliert und kühl wirkte. Beide genossen es, ein wenig mehr über den anderen zu erfahren.

Beim Anwesen von Familie Gellar etwas außerhalb von New York angekommen, hatten sich bereits etliche Gäste eingefunden. Als Mia die beiden entdeckte, lief sie freudestrahlend auf sie zu.

„Oh mein Gott, ihr beide seht fantastisch aus. Das Kleid steht dir unglaublich gut, ich wusste es doch." Was Mia im Stillen noch dachte über dieses schöne Paar, behielt sie lieber für sich. Während sie locker und entspannt wirkte, nahm Angels Gesicht die Farbe einer reifen Tomate an.

Es war ein wundervoller und gelungener Abend gewesen, mit vielen Gratulationen, noch mehr Tänzen und reichlich Champagner. Angels gefühlter einhundertster Tanz galt ihrem Schwager. Insgeheim hatte sie gehofft unter all ihren

Tanzpartnern wäre auch Zane dabei gewesen, doch dieser hielt sich zurück. Obwohl sie ihn das ein oder andere mal dabei ertappte wie er sie beobachtete und das ließ ihr Herz gleich viel schneller schlagen. Nur leider hieß das auch, das er ihre Blicke ebenfalls bemerkte. Und sie wollte mit Sicherheit nicht den Eindruck eines verliebten Teenagers vermitteln. Sie konnte ihn nur schwer einschätzen, die ganze Fahrt über hatten sie sich so gut unterhalten und seit sie angekommen waren, sprachen sie kein Wort miteinander.

Inzwischen war es ihr aber auch egal, denn sie glaubte nicht einen Tanz mehr zu überstehen. Ihr Rippenbogen meldete lautstarken Protest an, sollte sie nicht etwas kürzer treten. Es brannte inzwischen wie Feuer und der Schmerz raubte ihr allmählich die Kräfte und sie war müde. Doch einen Tanz hatte sie Bryan versprochen. Nachdem sie gemeinsam die Tanzfläche betraten und ihre Position einnahmen, entging es ihm nicht, wie Angel leicht zusammenfuhr, als er seine Hand an ihre linke Seite legte.

„Ist alles in Ordnung?" Die Besorgnis in seiner Stimme war nicht zu überhören, er wusste von ihren Verletzungen.

„Ja, ich denke es war heut alles nur ein wenig zu viel." Sie versuchte ein Lächeln doch es fiel eher kläglich aus. Entschuldigend zuckte sie mit den Schultern.

„Wenn du Schmerzen hast sag doch etwas. Oben im Bad sind noch ein paar starke Schmerzmittel." Ohne ein weiteres Wort zog er Angel, wie ein kleines Kind an der Hand, hinter sich her die Treppe hinauf. Am Bad angekommen setzte er sie auf dem Wannenrand ab und wühlte im Schrank nach den Tabletten. Angel schloss für einen kurzen Augenblick die Augen, sie atmete tief durch, bis plötzlich die Badezimmertür aufging und Zane direkt vor ihr stand. Zane zog die Brauen in die Stirn und sah beide überrascht an.

„Eigentlich wollte ich nur auf Toilette, unten ist seit einer halben Stunde besetzt."

„Kein Problem, sind gleich wieder weg. Ich wollte Angel nur eben was gegen ihre Schmerzen geben." Angel nahm ihm die zwei Tabletten ab und schluckte sie gleich mit etwas Wasser hinunter.

„Sollen wir fahren?" Zane klang ehrlich besorgt und musterte ihr Gesicht.

„Nein, es geht schon. Mia wäre enttäuscht, wenn wir noch vor dem Feuerwerk abfahren. Die dreiviertel Stunde geht auch noch um."

„Angel du sollst dich hinlegen und ausruhen, es ist gerade einmal zwei Wochen her seit ..."

„Nein. Es geht wirklich Bryan, danke. Ich sollte langsam wieder nach unten gehen." Das sie ihn so abrupt unterbrochen hatte, tat ihr leid. Immerhin meinte Bryan es nur gut mit ihr.

Das Feuerwerk war einfach großartig. Hunderte von kleinen Lichtbällen, die in der Luft zu einem großen Feuerball expandierten, um anschließend als Gold- und Silberregen zur Erde zurück zu nieseln. Bevor sie sich alle voneinander verabschiedeten, nahm Bryan seinen Freund zur Seite, damit sie niemand hören konnte.

„Warum warst du wirklich im ersten Stockwerk? Du bist mit mir wieder nach unten gegangen also musstest du nicht auf Toilette."

Zane sah seinem Freund in die Augen, der schon längst wusste warum er ihm, oder besser gesagt ihr, gefolgt war.

„Du dachtest wirklich ich könnte die Frau die ich liebe und heiraten will, betrügen? Wie kommst du nur darauf?"

„Es gab Situationen die locker zweideutig gewesen waren."

„Situationen?"

„Im Büro, als du ihr einen Kuss auf die Stirn gegeben hast und wie ihr beide gerade rauf gegangen seid. Ihr scheint sehr vertraut miteinander."

„Das sind wir auch Zane. Ich kenne sie schon beinah mein ganzes Leben, mit Unterbrechung. Ich hatte immer das Gefühl als wäre sie meine kleine Schwester."

Bryan nickte seinem Freund kurz zu, bevor er sich wieder an die Seite von Mia begab. Er hatte seinen Freund noch nie so gesehen. Nicht nur der Irrglaube er könnte Mia betrügen, sondern die Tatsache das Zane augenscheinlich an Angel interessiert war. Für gewöhnlich hatten beide Männer denselben Frauengeschmack gehabt und Zane hatte auch nie andere Typen außer groß und schlank bevorzugt. Er hoffte nur Angel würde sich nicht auf ihn einlassen. Nicht wegen seines Freundes an sich, Zane war ein toller Kerl und hatte einfach nur noch nicht die Richtige getroffen. Doch für Angel dürfte ein Leben in der Öffentlichkeit nicht mehr infrage kommen.

7. Angels Wohnung

Angel war hundemüde. Die Schmerzmittel in Kombination mit dem kräfteraubenden Abend taten ihr übriges. Der Fahrer von Zane hatte soeben erst den Wagen vom Grundstück bewegt, als ihr auch schon die Augen zu fielen. Vor ihrer Haustür angekommen übergab Zane seinem Fahrer den Schlüssel zu Angel´s Wohnung, welchen er aus ihrer Tasche gefischt hatte und bat ihn die Türen zu öffnen, während er Angel vorsichtig in seine Arme nahm und hinter ihm her trug. Sie wirkte so friedlich während sie schlief, doch ihr Körper verspannte sich hin wieder deutlich. Angel ließ alles mit sich geschehen ohne das geringste mitzubekommen. Während er sie vorsichtig auf ihrem Bett ablegte, war ihr Gesicht so blass, dass er sich wirkliche Sorgen machte. Also beschloss er bei ihr zu bleiben bis sie aufwachen würde und schickte Samuel mit dem Wagen nach Hause. Vorsichtig zog er ihr das Kleid aus, peinlichst genau darauf bedacht sie nicht mehr als zwingend notwendig zu berühren. In dem Moment als seine Hand versehentlich die nackte Haut ihres

Oberschenkels streifte, durchfuhr es ihn wie ein Stromschlag und sein Blick weilte ein wenig zu lang auf ihrem beinah nackten Körper. Erst in dem Moment sah er die vielen blauen Flecken. An ihren Schenkeln waren sie schon beinah nicht mehr zu sehen, nur noch kleine gelbliche Ränder waren noch zu erkennen, doch auf ihrem Rippenbogen waren noch alle Farbschattierungen vertreten. Von dunkelblau bis violett und an den Rändern, gelbe und grüne Bereiche. Unwillkürlich fragte er sich wer ihr so etwas angetan haben könnte. Schnell wandte er den Blick wieder von ihr ab und deckte sie vorsichtig bis zum Hals zu, ehe er selbst versuchte es sich in einem Sessel neben ihrem Bett bequem zu machen. Doch seine Größe ließ ein wirklich entspanntes sitzen kaum zu. Irgendwann gelang es auch ihm in einen leichten Schlaf zu versinken. Der war allerdings alles andere als ruhig.

Er träumte von ihr. Wie er Angel berührte, wie seine Hände über ihren gesamten Körper glitten. Er spürte ihre warme, weiche Haut unter seinen Handflächen. Konnte fühlen wie ihr Körper unter seinen Streicheleinheiten und Erkundungen zu beben begann und nach mehr verlangte. Und er wollte mehr, soviel mehr. Er wollte jeden Zentimeter ihrer Haut küssen, wollte sie schmecken und fühlen, tief in ihr sein.

Zane schreckte aus seinem wirren Traum hoch. Die Uhr auf Angels Nachtschrank zeigte kurz nach 4:00 Uhr an. Er brauchte einen Moment bis er verstand wo er war und was gerade passierte. Sein Traum hing noch so real in seinen Gedanken nach. Er war bis auf das schmerzlichste erregt, seine Atmung kam stoßweise und er war total verschwitzt. Zane stand auf und ging in Richtung Badezimmer, noch immer die deutlichen Bilder vor Augen von dem nackten Körper, den er so sehr begehrte. Im Bad schüttete er sich ein paar mal kaltes Wasser in das verschwitzte Gesicht, doch die Bilder in seinem Kopf vermochte es nicht auszuwaschen. Er stützte sich mit den Händen am Beckenrand ab und sah sich selber im Spiegel an. Wie konnte sie nur eine solche Wirkung auf ihn ausüben ohne auch nur das geringste zu tun. Er suchte kurz ihren Schrank nach Schmerztabletten ab und wurde auch fündig, obwohl er sich unbehaglich fühlte, so in ihre Privatsphäre einzudringen. Doch sollte er sie wecken? Er hatte sich dagegen entschieden. Eine Tablette sollte genügen das Brummen in seinem Schädel abzustellen. Er holte aus der Küche noch ein Glas Wasser und stellte es zusammen mit zwei weiteren Tabletten auf ihren Nachtschrank.

Wenn sie aufwacht wird sie sicher noch immer Schmerzen haben und das sollte helfen.

Dann nahm er wieder in dem Sessel platz, doch an Schlaf war nicht mehr zu denken. Die nächsten drei Stunden verbrachte er zwischen einem Wach- und Dämmerzustand.

Angel schlug langsam die Augen auf. Im ersten Moment wusste sie nicht wo sie war oder sie hier hingelangt war, bis sie ihr Schlafzimmer erkannte, das von den ersten Sonnenstrahlen durchflutet wurde. Und wie sie in ihr Bett gelangte, war ebenso schnell geklärt, als sie in die auf sich gerichteten Augen von Zane Dawson schaute. Sie setzte sich mit einem Ruck auf und krümmte sich direkt wieder zusammen, aufgrund des brennenden Schmerzes der durch ihren Rippenbogen fuhr. Zane kam langsam zu ihr auf das Bett gerutscht und setzte sich ihr zugewandt. Er reichte ihr die Tabletten und das Wasser vom Nachtschrank.

„Guten Morgen. Ich dachte mir das könntest du gebrauchen, wenn du aufwachst."

„Danke", erwiderte sie nur leise ohne ihn anzusehen und nahm ihm beides ab. Anschließend stellte sie das Glas zurück auf den Nachtschrank und sah zum Sessel.

„Hast du die ganze Nacht in dem Ding verbracht?"

„Allerdings, ich hätte ein schlechtes Gewissen gehabt, wenn ich dich allein gelassen hätte. Und wer weiß wie du reagiert hättest, wenn ich neben dir schlafe."

„Aber das muss doch furchtbar unbequem gewesen sein." Sie machte den Fehler und schaute ihn an, sofort spürte sie wie ihr das Blut in die Wangen schoss. Sein Blick lag die ganze Zeit über auf ihrem Gesicht. Seine Augen waren dunkler als sonst, aber vielleicht täuschte das auch nur.

„Etwas unbequem, ja. Aber das war egal." Zane konnte nicht anders, er musste sie berühren, wollte wissen wie sie schmeckte. Er beugte sich langsam zu ihr vor, sah ihr dabei unentwegt in die Augen. Er legte seine Hand auf ihre Wange und zog sie ein kleines Stück zu sich. Dann berührten seine Lippen die ihren, ganz sacht wie ein Windhauch.

Sie konnte seinen männlichen Duft riechen und zog ihn in ihre Lungen. Angel hatte das Gefühl als würden tausend Schmetterlinge zeitgleich in ihrem Bauch starten. Sie erwiderte seinen Kuss ebenso vorsichtig wie er ihn begann, nur ein leichtes streicheln seiner Lippen. Daraufhin presste er seine Lippen fester auf ihren Mund. Seine Zunge öffnete ihre Lippen und bat um Einlass.

Er drückte sie noch fester an sich. Er wollte ihre wärme spüren, ihre perfekten Kurven an seinem Körper. Ihre Zungen begannen einen leidenschaftlichen Tanz während sich ihre Atemzüge beschleunigten.

Seine Lippen waren so unglaublich weich und sein Kuss so voller Leidenschaft. Angel wollte mehr, sie wollte ihn, doch alles ging so wahnsinnig schnell. Aber es war nicht nur das. Immerhin handelte es sich hier um Zane Dawson, ein Mann der durch seinen Erfolg im Licht der Öffentlichkeit stand. Ständig las man auch etwas über sein Privatleben, Spekulationen darüber ob die Frau an seiner Seite nun die Richtige wäre. Angel wusste, man konnte nicht alles glauben was die Medien berichteten, doch darum ging es auch nicht. Was sie aber wusste war, das sie mehr von ihm wollte, als gut für sie war. Wie sollte sie auch diesem unglaublichen Mann widerstehen können. Doch sich auf Zane einzulassen, bedeutete auch sich allem anderen zu stellen und dazu war sie nicht bereit. Sie senkte den Kopf ein klein wenig, gerade genug um den Kuss zu beenden. Sie musste erst ihre Gedanken und Gefühle sortieren und Zane verstand scheinbar. Er strich ihr mit dem Daumen zärtlich über ihre Lippen und lehnte seine Stirn an ihre.

„Bitte entschuldige, aber ich musste das einfach tun. Es ist gar nicht so leicht dir zu widerstehen."

„Nein. Schon gut. Es war nur so … überraschend." Sie wagte es nicht ihn anzusehen. Es entstand eine Pause. Beide unfähig etwas zu sagen, bis schließlich Zane die Stille brach.

„Vielleicht sollte ich jetzt besser gehen. Ich wollte nur sicher gehen, dass es dir gut geht." Sie wusste nicht was sie darauf sagen sollte und deshalb nickte sie nur. Er erhob sich, nahm seine Jacke und Weste von der Kommode und verließ schnellen Schrittes ihre Wohnung. Zane war verwirrt. Sie hatte ihn ebenso geküsst, voller Leidenschaft. Er hatte gespürt wie sich ihr Herzschlag beschleunigte, wie sie sich ihm hingab. Und dieser Kuss, er war wunderbar. Vielleicht war es ein Fehler jetzt zu gehen, doch bleiben konnte er auch nicht. Angel wirkte durcheinander, er wollte ihr Zeit geben sich zu sammeln, denn auf keinen Fall wollte er das mit ihr vermasseln.

Angel war sich sicher, dass das mehr als nur ein versehentlicher Kuss war. Sie hatte das Gefühl, dass er sie ebenso sehr wollte wie sie ihn. Sie stieg von ihrem Bett und schleppte ihren erhitzten Körper unter die Dusche. Angel wusste bereits jetzt, das sie sich nicht von ihm fernhalten kann. Verrückter weise hatte sie sich in ihn verliebt.

8. Verführung

Am Montagabend hatte Angel ihren Termin bei Dr. Peterson. Ein netter, gut aussehender Mann Mitte vierzig, dessen dunkles Haar an den Seiten bereits langsam ergraute, was ihn aber nur noch attraktiver machte. Er hatte so eine ruhige Art die sich unwillkürlich immer auf sein Gegenüber auswirkte. Er sprach ruhig, nicht monoton, sondern eher bedacht. Sie mochte es, denn trotz seiner ruhigen Art konnte er sehr beharrlich sein. Brachte einen dazu sich selbst aus einem anderen Blickwinkel wahr zu nehmen.

„Angel es ist sehr schön dich wieder zu sehen. Doch ich glaube der Grund ist nicht so erfreulich. Habe ich recht?"

Jawohl Doktor. Immer den Nagel auf den Kopf treffen und keine Zeit verlieren.

„Kein Smalltalk?"

„Nach zehn Jahren solltest du mich besser kennen Angel." Er lächelte ihr zu.

„Ich dachte ein Versuch wäre es wert." Sie lächelte ebenso offen zurück. In den zehn Jahren war er weit mehr als einfach nur ihr Therapeut. Er war ein enger Freund der Familie. Damals hat Mason ihn um einen Termin für seine Ziehtochter gebeten und natürlich lehnte er das nicht ab. Sie war sehr verschlossen was ihre Vergangenheit betraf. Doch heute kannte er sie genau und wusste wie er mit ihr sprechen konnte. Sie verstanden sich gut und man konnte sagen sie waren befreundet. Nur traf das nur außerhalb der Büroräume zu. Sobald sie als seine Patientin bei ihm war, benahm er sich ganz wie der Profi, der er war. Angel besprach mit ihm den Übergriff durch Alecs Vater. Er verstand worum es ihr ging, im Endeffekt hatte sie weniger Angst davor was ihr hätte passieren können, als viel mehr davor, was Alec hätte passieren können indem er ihr zu Hilfe kam. Doch so tickte ihr Gehirn. Auf keinen Fall wollte sie, dass jemand ihretwegen verletzt werden würde. Nie mehr.

„Doc da ist noch etwas."

„Etwas?"

„Nun ja, eher jemand. Ein Mann. Zane Dawson um genau zu sein." Angel sah verlegen auf ihre ineinander verschränkten Hände.

„Der Zane Dawson von Dawson Industries? Ich bin überrascht und ich kann mir denken warum du deshalb das Thema ansprichst." Er schaute sie mit hochgezogenen Augenbrauen an.

„Geplant war das nicht. Er ist der Trauzeuge von Bryan. Mein Problem ist nur das ich mich nicht von ihm fernhalten kann oder will."

„Also seid ihr ein Paar? Warum siehst du es als Problem?"

„Nein das sind wir nicht. Er hat mich geküsst und du weißt wie sehr sich Journalisten für sein Privatleben interessieren. Sollte da jemals etwas sein zwischen uns, wäre er durch mich angreifbar. Du weißt was ich meine", den letzten Satz fügte sie leiser hinzu.

„Du hast recht, aber ob du es bist oder jemand anderes, es spielt keine Rolle. Wenn dir etwas an diesem Mann liegt, sollten deine Ängste dich nicht zögern lassen. Stell dich ihnen. Du bist stark genug, nur du siehst es noch nicht."

„Meinetwegen starben zwei Menschen....", die Stimme von Angel wurde lauter und zum Teil verzweifelt.

„Nicht deinetwegen. Und es war damals seine Entscheidung sich in Gefahr zu bringen, er wusste um das Risiko. Angel das hatten wir alles schon. Aber ich sage es dir gern immer wieder, solange bis du es verstehst. Du bist noch ein Kind gewesen und hättest nichts tun können." Er sprach ruhig wie immer, beugte sich vor und stützte die Ellenbogen auf dem großen Schreibtisch ab. Angel zog die Schultern hoch. Sie wusste das er recht hatte, nur konnte sie ihre Schuldgefühle nicht abstellen, so sehr sie es auch versuchte.

Bisher hörte sie nichts von Zane. Wahrscheinlich hatte er es schon längst wieder vergessen. Angel hingegen konnte an nichts anderes denken, als an seinen Kuss, der allein genügte ein Feuer und eine tiefe Sehnsucht in ihr zu entfachen. Am Dienstagabend dann traf eine Nachricht von Zane auf ihrem Handy ein. Mit stark klopfendem Herzen öffnete sie diese.

[*Guten Abend Angel. Ich wollte dich fragen, ob du Lust hast morgen mit mir zu Abend zu essen. Als Trauzeugen müssen wir noch ein paar Dinge besprechen. Du könntest auch zu mir kommen dann wären wir ungestört, aber ich muss dich warnen, meine Kochkünste sind grauenhaft. Zane*]

[*Hallo Zane. Also ich kann ganz*

passabel kochen. Vielleicht bei mir? So 18:30 Uhr? Angel]

[*Perfekt. Bis morgen. Zane*]

Keine Silbe über den Kuss.

Was hast du denn erwartet. Angel schüttelte den Kopf. *Alles ist gut.*

Nach der Arbeit besorgte Angel noch schnell alles was sie für das Abendessen brauchte. Schnell zubereitet, leicht und lecker. Ihr blieb gerade noch genug Zeit unter die Dusche zu springen und soeben hatte sie mit den Vorbereitungen begonnen. Das Hühnchen war bereits in der Pfanne, nun war das Gemüse an der Reihe. Und da klingelte es auch schon an der Tür. Zane war wie immer pünktlich.

„Hi. Ich habe uns noch etwas zu trinken mitgebracht." Er hielt eine Flasche Weißwein in die Luft und lächelte verschmitzt.

„Der passt perfekt. Komm doch rein." Angel ging voran in die Küche und während sie sich wieder dem Gemüse widmete, stellte Zane den Wein in den Kühlschrank.

„Kann ich dir helfen?"

„Ich dachte du kannst nicht kochen?"

„Kann ich auch nicht, aber Sachen klein schneiden, bekomm ich ganz gut hin."

„Also gut. Du kannst die Schoten in Stücke schneiden wenn du unbedingt willst, aber verletz dich nicht." Angel grinste ihn an und wandte sich dann wieder der Paprika zu. Eine wirklich merkwürdige Szene, so mit ihm in der Küche zu stehen, dachte sie noch.

„Was zauberst du für uns?" fragte Zane und sah sich in der Küche um.

„Gemüse-Reis-Pfanne mit Hühnchen und zum Nachtisch gibt es Creme Brulee. Ich hoffe du magst das alles."

„Klingt ziemlich lecker und ein süßer Nachtisch." Nun grinste er Angel schelmisch an. Irgendwie bekam sie den Eindruck, dass er nicht die Creme meinte, was sie völlig verwirrte und schon war sie es die sich geschnitten hatte. Zane nahm ihre Hand, führte sie zum Spülbecken und ließ kaltes Wasser darüber laufen.

„Tut es sehr weh?" Sie brauchte eine Weile bis seine Worte zu ihr durchgedrungen waren. Er stand so dicht hinter ihr, das sein Atem ihr Ohr streifte, woraufhin ihr Unterkörper mit leichtem

Beben reagierte. Zane nahm das Geschirrtuch und hielt es auf ihren verletzten Zeigefinger. Anschließend hob er sie auf die Arbeitsfläche und schnitt neben ihr die Zuckerschoten weiter. Angel beobachtete jede seiner Bewegungen. Wie sich das Shirt um seine Oberarme spannte, die Bewegungen seiner Muskeln an den Unterarmen, sie ließ den Blick über seine schmalen Hüften gleiten bis hin zu seinen strammen Oberschenkeln. Er hatte eine überaus sportliche Figur, ohne das es übertrieben wirkte. Nachdem alle Zutaten sich in der Pfanne befanden und noch etwas vor sich hin garten, stellte sich Zane vor Angel auf und begutachtete ihre Verletzung.

„Siehst du. Alles wieder gut." Angel wackelte mit ihrem Finger vor ihm herum.

„Zumindest blutet es nicht mehr." Zane nahm ihre Hand in seine und küsste die Stelle an der sie sich geschnitten hatte. Diese simple Geste fuhr ihr durch den gesamten Körper und Hitze stieg in ihr auf. Bevor sie komplett die Beherrschung verlor, rutschte sie von der Arbeitsfläche und ging zum Herd.

Zane lehnte sich zurück und beobachtete nun sie. Ihm war sehr wohl bewusst das sie zuvor dasselbe getan hatte. Während sie sich vor beugte damit sie die Creme Brulee in den Ofen schieben konnte, verschränkte er die Arme vor der Brust, um dem Impuls zu widerstehen, seine Hände auf ihren perfekten runden Po zu legen.

„Woher kannst du so gut kochen?"

„Warte mit dem gut bis du probiert hast." Angel grinste ihn an. „Von Emely, sie kocht sehr gern und ich habe ihr oft geholfen." Gemeinsam deckten sie den Tisch.

Während sie aßen, sprachen sie über die Hochzeit und machten sich Notizen zu dem was noch erledigt werden musste. Sie wollten dem Brautpaar die meiste Arbeit abnehmen, was ihnen die beiden dankten. Zum Nachtisch setzten sie sich gemeinsam auf den Boden vor den Couchtisch und genossen die süße Köstlichkeit. Der Wein hatte sich seinem Ende zugeneigt und der Tisch war überhäuft mit umher fliegenden Notizzetteln.

„Ich glaube sollte ich je heiraten, fahre ich nach Las Vegas und brenne durch." Zane schüttelte den Kopf und betrachtete die kleinen gelben Notizzettel.

„Das heißt irgendwann würdest du dich

einfangen lassen?" Angel zog die Brauen hoch.

„Warum so überrascht? Ich glaube an die Institution der Ehe, es muss ja nur die Richtige kommen. Hast du noch nie daran gedacht? Mia ist immerhin im selben Alter wie du."

„Doch sicher, irgendwann vielleicht mal. Allerdings, wenn ich mir das alles so ansehe ..." Angel musste lachen und Zane stimmte mit ein. „Die Idee durchzubrennen gefällt mir."

Beide grübelten über den Junggesellenabschied und derweil spielte Angel die ganze Zeit über unbewusst mit ihrem kleinen Löffel im Mund herum. An ihm haftete noch immer etwas von dem karamellisierten Zucker der Creme Brulee. Zane war das nicht entgangen und beobachtete, wie ihre Zunge versuchte den letzten Rest wie bei einem Lollipop ab zu lecken.

„Wenn du nicht gleich damit aufhörst, garantiere ich für nichts mehr!" Seine Augen, die sonst so hell strahlten, hatten die Farbe eines Ozeans nach einem Sturm angenommen. Angel war zuerst nicht bewusst worauf er hinaus wollte oder was er meinte, doch seine tiefe raue Stimme und der eindringliche Blick ließ sie in der

Bewegung innehalten. Ihre Hand sank samt Löffel zu Boden. Sie sah Zane sprachlos an und er setzte sich in Bewegung, exakt auf sie zu. Seine Hand streifte ihre Wange und kam am Hinterkopf zum Liegen. Er zog sie näher zu sich und presste seine Lippen stürmisch auf ihre. Fordernd eroberte seine Zunge ihren Mund. Den anderen Arm schlang er um ihre Taille und hob sie mit einer Leichtigkeit hoch, als wiege sie nichts und setzte sie auf dem Couchtisch ab. Mit den Händen glitt er an ihren nackten Armen entlang und sie bekam das Gefühl als hinterließe er eine brennend heiße Spur auf ihrem Körper. Zane streifte ihre Hüfte und glitt weiter an der Außenseite ihrer Oberschenkel entlang, auf ihren Knien kamen seine Hände kurzzeitig zur Ruhe. Ohne seinen intensiven Kuss und Tanz ihrer Zungen zu unterbrechen, spreizte er langsam ihre Beine und schob sich dazwischen. Seine Hände nahmen ihre Erkundungstour wieder auf, folgten ihre Schenkel entlang bis er ihr Gesäß umfasste. Angel entfuhr ein leises stöhnen. Er zog sie bis vor zur Tischkante und sie presste ihren hungrigen Körper an den seinen. Sie schlang ihre Arme um seinen Hals und in ihrer Mitte konnte sie deutlich seine bereits harte Erregung spüren. Mit seinen Lippen glitt er ihren Hals hinab, woraufhin Angel den Kopf weit in den Nacken fallen ließ. Sie fühlte seine starken Hände auf ihrer Haut, wie sie an der Seite nach oben glitten und dabei ihr Shirt mit nach oben zogen, bis er es ihr endlich über den Kopf ziehen konnte. Angel folgte mit leicht zitternden Händen seinem Beispiel. Sie betrachtete seine glatte muskulöse und leicht gebräunte Brust, ließ ihre Hände darüber streichen und spürte wie sein Herz unter ihren Handflächen raste. Er setzte unbeirrt seine süße Folter fort. Folgte mit seinen Lippen einer unsichtbaren Linie von ihrem Hals bis zu ihren Brüsten, schob ihr die Träger des BHs von den Schultern und befreite sie aus ihrem weichen Gefängnis. Sacht nahm er eine ihrer Knospen in den Mund, leckte und saugte an ihr, während er den BH öffnete und ihn zu Boden fallen ließ. Anschließend widmete er sich auch ihrer anderen Brust mit derselben Intensität wie zuvor. Angel bog sich ihm entgegen und stöhnte lustvoll auf. Zwischen Daumen und Zeigefinger rollte und zog er sanft an der anderen Brustwarze und diese Berührung hallte in ihrem Inneren nach, entfachte ein Feuer, welches nur er löschen konnte. Sie wollte ihn, wollte seine nackte Haut auf ihrer spüren. Noch nie hatte sie eine solche Sehnsucht nach jemandem verspürt, wie bei diesem zärtlichen und einfühlsamen Mann vor ihr. Er strich mit der Zunge über ihren Bauch, hauchte zarte Küsse dazwischen bis zum Bund ihrer Jeans die er mit schnellen Bewegungen öffnete. Ohne den Blick von ihr zu nehmen zog er sie samt Slip von ihren Beinen, strich mit beiden Händen die Innenseite ihrer Schenkel entlang bis zu ihrer Körpermitte. Er senkte den Kopf auf ihre entblößte Scham und Angel ließ sich zurück auf den Tisch sinken. Mit seiner Zunge liebkoste er ihren empfindlichsten Punkt, leckte und penetrierte sie, saugte an ihrer Perle. Angel hob ihm ihr Becken entgegen angetrieben von seiner und ihrer eigenen Lust. Er führte ihr einen Finger ein, ohne seine Liebkosungen mit der Zunge zu unterbrechen.

"Gott Angel du bist so unglaublich feucht, so bereit. Und das für mich." Seine tiefe und raue Stimme hallte in ihr nach, spornte sie noch mehr an. Dann nahm er einen zweiten Finger dazu, bewegte sie kreisend in ihr. Angel fühlte wie sich der erlösende Höhepunkt anbahnte. Ihre Beine und Arme spannten sich an, seine Zunge schnellte über ihre Klitoris und sie kam in einer gewaltigen Explosion mit einem lauten erlösenden Stöhnen. Ihre

Muskeln zogen sich fest um seine Finger zusammen.

Als er spürte wie ihr Höhepunkt abebbte, richtete er sich auf und zog sie zu sich heran, nahm sie in seine Arme um ihrem noch bebenden Körper halt zu geben und küsste sie leidenschaftlich. Nachdem sich ihre Atmung normalisiert hatte schlang er ihre Beine um seine Hüften, stand mit ihr auf und trug sie ins Schlafzimmer. Er wollte sie, wollte sich nicht mehr zurück halten. Dort angekommen ließen sie sich auf das große Bett sinken.

Angel half ihm aus der Hose und befreite ihn von seiner Shorts. Sein beachtliches und steifes Glied reckte sich ihr entgegen, die Spitze glänzend unter dem ersten Lusttropfen. Sie konnte es kaum erwarten ihn in sich aufzunehmen, sie wollte ihn spüren, das sachte pulsieren in ihrem Inneren. Er positionierte sich über ihr, küsste sie und ließ seine Zunge ihren Mund erkunden. Sie hob ihm ihr Becken entgegen, wollte mehr. Dann endlich drang er in sie ein, erst nur mit der Spitze und zog sich wieder zurück, beim nächstes mal schob er sich noch etwas tiefer in sie hinein, weitete sie auf das köstlichste, ehe er mit einem einzigen Stoß tief in sie eindrang. Angel bog sich ihm entgegen, konnte ein lustvolles Stöhnen nicht unterdrücken und hob ihr Becken um ihn noch tiefer in sich aufzunehmen. Er berührte einen Punkt in ihr der sie erschauern ließ.

„Du bist so eng und fühlst dich so unglaublich gut an." Seine Stimme war rau und kaum mehr als ein Stöhnen, welches ihr eigenes Verlangen noch mehr anfachte. Sie spürte ihn so tief und er füllte sie komplett aus, sodass es beinahe schmerzte. Ein süßes ziehen breitete sich in ihrem Unterleib aus. Seine Stöße wurden schneller, ihr Stöhnen lauter, womit sie seine Erregung noch weiter steigerte. Als sich ihr Innerstes erneut zusammen zog und sein hartes Glied fest umschloss, kam auch er mit einem urigen knurren und ergoss sich in mehreren Stößen in ihr.

Zane blieb auf seinen Unterarmen gestützt auf ihr liegen, wartete bis sich auch ihre Atmung beruhigt hatte bis er aus ihr heraus glitt. Sie streichelte seinen Rücken, küsste seinen Hals, was er mit geschlossenen Augen genoss. Dann zog er sich zurück und legte sich eng an sie geschmiegt daneben, einen Arm um sie gelegt und die Beine ineinander verschränkt. Längst wäre er schon wieder bereit, ihre nähe wirkte auf ihn wie ein Aphrodisiakum, wäre ihm da nicht ein Missgeschick passiert. Bisher hatte er es noch nie vergessen und dachte dabei an das Kondom in seiner Jeanshose.

Was denkt sie jetzt wohl von ihm? Das er ständig ungeschützten Sex mit irgendwelchen Frauen hat? Oder ist es ihr selbst noch gar nicht aufgefallen? Oder stört es sie überhaupt nicht?

In Gedanken verloren strich er immer wieder über eine kleine Narbe an ihrem Unterbauch, diese harmlose Berührung weckte Erinnerungen die Angel eigentlich tief in ihrem Innern vergraben hatte. Also musste sie sich ablenken.

„Woran denkst du gerade?" Angel sah ihm in seine tiefblauen Augen. Wobei sie es sich beinah denken konnte, denn ihr schwirrte wahrscheinlich dasselbe im Kopf herum. "Wir haben nicht verhütet, ist es das?" Zane sah sie überrascht an.

„Angel ich ... Mir ist das noch nie passiert", verlegen richtete er den Blick nach unten. „Vertraust du mir? Ich kann dir sogar schriftlich zeigen das ich gesund bin, ich lasse mich in regelmäßigen Abständen testen." Auch wenn er bisher stets mit

Kondom verhütet hatte, so heißt es doch aber auch, sicher ist sicher. Er ließ den Kopf zurück auf das Kissen fallen und starrte zur Decke, verblüfft über seine eigene Dummheit.

„Ja ich vertraue dir. Aber was ist mit dir, du bist ein wesentlich größeres Risiko eingegangen. Noch dazu gehören zwei dazu und außerdem sollen Kondome nicht nur vor unerwünschten Krankheiten schützen."

„Verhütest du denn?" Er wusste das sie recht hatte, doch daran hatte er eben gar nicht gedacht. Warum auch? Er schätzte sie nicht als eine Frau ein, die sich einfach von jemandem Schwängern lassen würde. Absichtlich!

„Nein. Ich nehme weder die Pille noch sonst der gleichen." Zane stützte sich auf seinen Arm und sah sie an. Angel konnte spüren wie er sich anspannte.

„Du brauchst dir deswegen keine Sorgen zu machen. Ich kann keine Kinder bekommen und das macht alles andere überflüssig. Außer DEM was wir vergessen haben, aber auch ich bin gesund, also alles gut." Und schon wieder dieses bezaubernde Lächeln, er zog sie eng an sich heran, küsste sie zärtlich und sie konnte spüren wie sein Glied erneut anschwoll.

Die Nacht war noch nicht ganz vorbei, Dämmerlicht hielt die Straßen noch immer in einem ruhigen Schlafzustand gefangen. Angel öffnete müde ihre Augen und blickte in das schlafende und friedlich entspannte Gesicht von dem Mann, der sie auf eine Art berührte wie niemand zuvor. Nicht nur körperlich. Wie sehr er sie begehrte, hatte er ihr in dieser Nacht noch zwei weitere Male bewiesen, ehe sie völlig erschöpft in seinen Armen einschlief. Sie strich ihm sacht, darauf bedacht ihn nicht zu wecken, über seine Wange, seine Stirn, ließ sein dunkles Haar zwischen ihren Fingern entlang gleiten. Es war so dicht und voll und fühlte sich wie weiche Seide an. Sie könnte ihm Stundenlang beim schlafen zu sehen, wenn sich da nicht ihre Blase zu Wort melden würde. Vorsichtig stand sie auf und tapste in das angrenzende Badezimmer. Anschließend putzte sie sich ihre Zähne und stellte die Dusche an. Gerade als sie die Wassertemperatur testete um darunter zu steigen, legten sich zwei starke Arme um ihren nackten Körper. Zane hauchte einen Kuss in ihren Nacken, der einen lustvollen Schauer durch ihren Körper jagte.

„Hattest du vor ohne mich da rein zu gehen?" Mit der Hand deutete er in Richtung Dusche.

Seine tiefe, vom schlafen noch raue Stimme versetzte ihr eine angenehme Gänsehaut.

„Du hast noch so fest geschlafen, ich wollte dich nicht aufwecken." Sie drehte sich in seinen Armen zu ihm um, legte ihre Hände auf seinen Bizeps und gab ihm einen zärtlichen Kuss auf seine breite Brust.

Er schloss die Augen und ein leichtes zittern durchfuhr seinen Körper. "Aber du hast nicht mehr neben mir gelegen, also wurde ich wach."

Langsam schob er sie in Richtung des warmen Wasserstrahles und drehte sie wieder mit dem Rücken zu sich. Dann nahm er das Duschgel von der Ablage und verteilte es in seine Handfläche, schäumte es auf und strich über ihren Rücken, massierte ihren Nacken, was Angel ein wohliges Seufzen entlockte. Dann strich er über ihre Arme, ihren Bauch, genoss es jeden Zentimeter ihres Körpers zu berühren. Drehte sie dann wieder zu sich um, ging vor ihr auf die Knie und wusch ihre Beine, strich mit den Händen über ihren Po und Intimbereich. "Du bist so wunderschön." Er erhob sich und küsste sie mit einer Begierde die er selbst kaum für möglich gehalten hatte.

„Ich bin dran" unterbrach Angel schwer atmend diesen intensiven Kuss, nahm das Duschgel und tat es ihm gleich. Er beobachtete jede ihrer Bewegungen, genoss die Berührung auf seiner Haut, während seine Erregung stetig anwuchs. Langsam ließ sie die Hände sinken, folgte mit einer Hand seiner Leiste bis zu seinem beinah steinharten Glied, umschloss es mit der Hand und bewegte sie über die samtige Haut seiner Erregung. Zane legte den Kopf in den Nacken, schloss erneut die Augen und gab ein zufriedenes Stöhnen von sich. Das warme Wasser lief über seinen Körper, dennoch spannte sich jeder Muskel in ihm an.

Angel folgte mit den Lippen den Rinnsalen auf seiner Haut ohne ihre Hand von ihm zu lösen. Sie konnte spüren wie seine Erregung in ihrer Hand noch weiter zunahm. Sie ließ sich auf den Boden sinken, ersetzte ihre Hand durch ihren Mund, ließ ihre Zunge über den harten Beweis seiner Männlichkeit gleiten, leckte den ersten Tropfen seiner Lust von der Spitze, ehe sie ihn tief in den Mund nahm und an ihm zu saugen begann. Ein

Wechselspiel zwischen lecken und saugen begann, neckte und reizte ihn. Seine Atmung wurde schneller, eine Hand vergrub sich in ihrem Haar, er fing an seine Hüften zu bewegen und sie genoss jeden Stoß in ihren Mund und sein lustvolles Stöhnen erregte sie selbst bis zum äußersten. Sie umfasste sein Gesäß noch fester.

„Angel … wenn ich nicht in deinem Mund kommen soll, musst du jetzt aufhören." Seine Stimme klang gepresst, es kostete ihn all seine Selbstbeherrschung sich noch zurückzuhalten, doch ihre Berührungen ließen ihn alles vergessen. Noch nie hatte er einer Frau dermaßen die Kontrolle überlassen. Angel dachte nicht daran aufzuhören, sie presste ihre Lippen noch fester zusammen und saugte noch intensiver, bis er sich mit einem lauten aufstöhnen in ihrem Mund entleerte. Sie hatte einige mühe alles von seinem Saft zu schlucken, bis er sich nach zwei weiteren Stößen entspannte und aus ihr zurückzog. Er packte sie bei den Schultern, zog sie zu sich rauf, presste sie mit seinem Körper gegen die Wand und küsste sie stürmisch.

Obwohl das Auto von Angel wieder

repariert war, bestand Zane darauf sie zur Arbeit mitzunehmen. Samuel Winters, sein treuer Fahrer und Leibwächter seit fünf Jahren, wartete bereits vor dem Gebäude.

„Du musst mich wirklich nicht zur Arbeit bringen."

„Nein, muss ich nicht, aber ich möchte es."

Wie könnte sie ihm etwas abschlagen.

„Ich habe erst 10.00 Uhr einen wichtigen Termin, also reicht die Zeit locker noch nach Hause zu fahren um mich umzuziehen."

„Dennoch ist es ein Umweg."

„Den ich gern in kauf nehme, damit wir noch ein paar Minuten länger zusammen bleiben können. Heute Abend muss ich noch nach LA und das heißt vor Samstagmittag kann ich dich nicht wieder sehen." Sehnsüchtig sah er in ihre grünen Augen. Bisher, hatte er noch nie eine Frau so sehr gewollt und noch nie, sich hinterher so nach ihr gesehnt.

„Das heißt du willst mich wieder sehen?" Verschmitzt grinste sie ihn an, auch wenn der Gedanke daran ihn zwei Tage nicht sehen zu können ihr ein schmerzliches Gefühl im Magen bereitete. Er legte seine Hand unter ihr Kinn und hauchte einen Kuss auf ihre Lippen.

„Hast du daran gezweifelt?" Noch einmal küsste er sie, dieses mal fordernder, als ob er den Gedanken an eine kurzfristige Trennung ebenfalls nicht ertragen könnte. Diese unschuldige Berührung und seine warmen Lippen auf ihren entfachte erneut ein angenehmes ziehen in ihrem Unterkörper. Sie kannten sich doch bisher kaum und dennoch ertrug sie es nur schwer, ihn jetzt vorerst gehen lassen zu müssen.

9. Das Wiedersehen

Die Nächte waren unruhig. Angel sehnte sich nach Zanes Küssen, seinen Händen.

Das ist doch verrückt, so warst du doch sonst nie.

Ihre innere Stimme sagte, was sie im Grunde wusste und doch ist es mit ihm anders.

Sie war gerade fertig mit dem Frühstück und hatte gespült, als eine SMS eintraf. Ihr Herz klopfte so stark gegen ihre Brust, sodass sie glaubte, es würde jeden Moment heraus springen. Es konnte nur Zane sein, vielleicht um ihr mitzuteilen, dass er jetzt in LA startete.

Heut Mittag sehen wir uns endlich wieder, insofern er seine Meinung nicht geändert hat.

Mit zitternden Fingern griff sie nach ihrem Handy und öffnete die Nachricht.

[Hallo Traumfrau. Bist du wach?]

[Traumfrau? Ja das bin ich. Ich freue mich auf unser wieder sehen.]

[Ja, Traumfrau trifft es ziemlich gut. Immerhin bist du die letzten zwei Nächte durch meine Träume gewandert. Und jetzt komm nach unten, ich will dich endlich wieder in meinen Armen halten.]

Nach unten ???

Angel musste die Nachricht dreimal lesen, um sie zu verstehen.

Er ist hier, oh mein Gott.

Sie zog ihre Sneakers an, schnappte sich eine leichte Stoffjacke die sie sich lediglich unter den Arm klemmte. Am Ende der Treppe wäre sie beinahe über ihre Schnürsenkel gestolpert, also stopfte sie diese nur locker an der Seite in die Schuhe. Bevor sie die Haustür öffnete, hielt sie noch einmal kurz inne und atmete tief durch. Da stand er. Lässig angelehnt, in Jeans und T-Shirt, an einer großen schwarzen Stretchlimousine mit getönten Scheiben. Sie schenkte ihm ein strahlendes Lächeln und ging langsam auf ihn zu.

„Bist du direkt vom Flughafen her gekommen?"

„Allerdings und eher abgeflogen, weil ich unbedingt wieder bei dir sein wollte." Er zog sie in seine Arme und küsste sie leidenschaftlich. Ganz außer Atem löste sie sich wieder von ihm.

„Und die?" Angel deutete auf die Limousine und nickte Sam, Zanes Fahrer, zur Begrüßung zu, der gerade aus dem Wagen gestiegen war.

„Die gehört zu meinem Plan", sagte Zane mit einem breiten grinsen im Gesicht.

„Welcher Plan?" Angel sah ihn fragend an.

„Ich werde dich jetzt entführen und du brauchst nichts weiter als das was du bei dir hast." Im selben Moment öffnete er die Tür damit sie einsteigen konnte. Doch Angel rührte sich keinen Millimeter. Nach diesem kleinen Wort 'entführen' das er so leichtfertig benutzte, hatte sie auch den Rest kaum noch wahrgenommen. Es dauerte eine Weile ehe sie das verdaut hatte, warf einen Blick auf Sam, der ihr zuversichtlich zunickte. Dann sah sie zu

Zane, er betrachtete sie mit besorgtem Blick.

„Ist alles in Ordnung? Habe ich etwas Falsches gesagt oder getan?"

„Nein, nein ... Ist schon gut. Ich war nur überrascht. Wo fahren wir hin?" Sie lächelte ihm ein wenig zu.

Zane merkte das etwas nicht stimmte, aber offensichtlich wollte sie es ihm nicht sagen.

Vielleicht später, dachte er und deutete in das Wageninnere.

„Es ist eine Überraschung und ich verspreche dir, bis Montag bist du pünktlich zur Arbeit zurück."

„Montag? Ich habe doch gar keine Sachen dabei."

„Brauchst du auch nicht. Vertrau mir."

Und eben genau das tat sie ohne eigentlich zu wissen warum. Angel sah in seine blauen Augen und wieder war da dieses vertraute Gefühl und ein Kribbeln in ihrem Bauch.

Während sie fuhren, nahm Zane ihre Hand in seine, strich mit dem Daumen über ihren Handrücken und sah sie an.

„Noch nie habe ich mich nach jemandem so gesehnt wie nach dir und das verwirrt mich."

„Ja, so geht es mir auch." Daraufhin rutschte er ein Stück näher zu ihr heran. Die Trennscheibe zum Fahrer war hochgefahren, so waren sie beide ungestört. Nachdem Angel vor dem Auto derart gezögert hatte, wusste Zane nicht recht wie weit er jetzt gehen konnte. Er wollte sie aber mit Sicherheit nicht erschrecken. Sie spürte sein Zögern.

„Sagst du mir jetzt wo es hin geht?"

Er lächelte sie an und schüttelte den Kopf. "Nein, du wirst es sehen wenn wir da sind." Sanft strich er ihr eine Haarsträhne hinter das Ohr, woraufhin sie sich ein wenig zu ihm beugte und dann küssten sie sich.

Zuerst ganz behutsam und vorsichtig, dann immer leidenschaftlicher und stürmischer. Er zog sie nah an sich heran, sodass sie seine warme Haut durch das Shirt spüren konnte. Angel legte zum halt ihre Hand auf seinem Oberschenkel ab. Diese unschuldige Geste ließ ihn merklich erzittern. Sie ließ ihre Hand nach oben wandern bis zum Ende seines Schenkels, mit ihrem Daumen berührte und strich sie über die starke Beule in seiner Hose, worauf er stark die Luft einzog und leise stöhnte. Zane packte ihre Handgelenke, rutschte von der Sitzfläche und legte sie hin. Die Hände hielt er über ihrem Kopf zusammen und presste mit einer Hand ihre Gelenke auf die Sitzfläche. Seine Augen wurden dunkler und allein der Gedanke daran, was er jetzt vorhatte, verursachte bei Angel ein angenehmes ziehen im Unterleib.

Zane küsste sie erneut, während er mit der anderen Hand über ihren Bauch strich, dann ließ er sie tiefer gleiten, unter den Bund ihrer Jeans und strich über ihre Scham. Er konnte ihre Erregtheit deutlich spüren, ihr Slip war feucht und sie bereit für ihn, was ihm ein erneutes aufstöhnen entlockte und in ihr das Feuer scheinbar weiter schürte. Seine Hand wanderte wieder aufwärts, über ihren Bauch und öffnete langsam Knopf für Knopf ihrer Bluse, dann schob er sie beiseite. Seine Lippen ließen von ihren ab, glitten ihren Hals hinab, er streichelte und leckte über ihre weiche Haut bis zu ihrer zarten Knospe.

Sein Atem fühlte sich heiß an durch den dünnen Stoff ihres BHs. Mit der Hand fuhr er unter die andere Seite, seine Haut auf ihrer, er rollte und knetete ihre Brustwarze, während er die andere durch den Stoff hindurch mit den Zähnen und Lippen reizte. Angel bog sich ihm entgegen und ihr entfuhr ein aufstöhnen, was ihn noch mehr zu animieren schien, sie bis zum äußersten zu reizen. Zane schob ihren Büstenhalter herunter und leckte, saugte und biss spielerisch in ihre Knospe. Seine Hand ließ er über ihren Körper sinken, öffnete ihre Jeans und strich unter Jeans und Slip. Liebkoste ihre Klitoris ehe er mit einem Finger in sie eindrang. Sie bog sich seiner Hand entgegen, wollte mehr von ihm spüren, ihn dicht zu sich ziehen, doch er hielt ihre Hände noch immer gefangen, was ihre Erregung und auch seine noch mehr steigerte. Mit dem Daumen rieb er weiter kleine Kreise über ihre Perle, während er nun zwei Finger kreisend in ihr bewegte. Sie spürte wie sie sich dem erlösenden Höhepunkt näherte. Ihre Muskeln spannten sich an, ehe sie sich in einer Welle der Ekstase wieder entspannten.

Zane genoss es zu hören, wie sie vor Lust stöhnte und sich unter seinen Berührungen wandte. Er konnte fühlen wie sich ihr Innerstes zusammenzog und küsste sie begierig bis sie sich wieder beruhigte, dann ließ er ihre Hände los und setzte sie auf, während er sich zwischen ihren Beinen positionierte. Er streifte ihre Bluse samt BH ab und unterdessen öffnete sie seine Hose und zog ihm das Shirt aus. Sie lehnte sich nach hinten damit er ihr Jeans und Slip ausziehen konnte. Dann zog er sie an der Hüfte nah zu sich heran und drang mit einer einzigen kraftvollen Bewegung tief in sie ein, verharrte so einen Moment in ihr, bis sie sich an seine Größe gewöhnt hatte.

Angel schrie kurz auf, es war ein schmerzliches und erfülltes Gefühl zu gleich. Seine Härte so tief in sich zu fühlen, fachte das neue Verlangen in ihr noch mehr an. Langsam fing er an sich in ihr zu bewegen, seine Stöße wurden schneller und härter. Erneut trieb er sie auf den nächsten Orgasmus zu. Doch stets wenn der erlösende Höhepunkt nahte, verlangsamte er sein Tempo wieder. Sie bekam das Gefühl beinahe verrückt zu werden, als sie endlich gemeinsam in einer gewaltigen Explosion kamen und er sich tief und heiß in ihr ergoss.

Anschließend sackte er mit ihr auf dem Fußraum zusammen, zog sie an sich bis sie beide wieder zu Atem kamen. Nach einer Weile spürte er wie sie leicht zu zittern begann, er zog sie fester in seine

Arme um ihr etwas Wärme zu spenden.

Sie sah ihm tief in seine Augen und bemerkte, dass er sie von oben bis unten betrachtete ehe auch sein Blick auf ihren Augen ruhte.

„Du bist so unglaublich schön, das bringt mich um den Verstand."

„Deine Wirkung auf mich ist nicht viel geringer."

Zane musste lächeln. „Ich würde dich gern noch länger ansehen, aber vielleicht sollten wir dich trotzdem anziehen, du frierst."

„Ich habe nur etwas gefröstelt, mir ist nicht kalt."

„Nun ja, dich anziehen hätte noch einen weiteren Zweck. Nackt unterschätzt du meine Selbstbeherrschung. Ich kann mich bei dir sowieso kaum zurückhalten."

Angel kniete sich hin und das er schon längst wieder bereit war, war nicht zu übersehen. Was Zane nicht ahnte war, dass sie ihn ebenfalls wollte, immer und besonders in diesem Augenblick. Sie lehnte sich auf die Rückbank und suchte langsam ihre Sachen zusammen. Viel zu langsam.

Zane setzte sich auf und beobachtete die Bewegungen ihres perfekten, runden

Pos. „Ich weiß ganz genau was du da tust."

Sie blickte ihn über ihre Schulter hinweg an. „Das was du gesagt hast, ich zieh mich an", sagte sie so unschuldig und leicht wie möglich. Sie spürte die Feuchtigkeit zwischen ihren Beinen und die Lust ihn wieder in sich zu spüren. Zane sprang hoch, drückte ihre Beine auseinander und presste sich von hinten gegen sie. Angel konnte sein steifes Glied an ihrem Po spüren, beton hart und bereit. An ihrem Haarzopf hatte er sie zu sich hoch gezogen, drehte ihren Kopf bis er ihren Mund mit seinem verschloss. Er legte eine Hand auf ihre Scham und fing an sie zu massieren, rieb ihren sensiblen Punkt, öffnete ihre Schamlippen und rieb sein Glied an ihr. Angel stöhnte auf, drückte sich fest gegen ihn und ließ ihr Becken kreisen. Dann endlich drang er in sie ein, quälend langsam bis er sie vollends ausfüllte, zog sich wieder komplett aus ihr zurück und schob sich erneut langsam in sie hinein. Ein gequälter Seufzer entfuhr ihr. „Bitte Zane."

Er wollte sich Zeit lassen, wollte sie reizen bis zum äußeren wie sie ihn auch. Genoss das Gefühl mit ihr verbunden zu sein. Er hatte große Mühe sich zurückzuhalten, statt sie einfach zu nehmen. Doch ihre Enge und die herrliche Reibung machte es ihm fast unmöglich sich nicht einfach gehen zu lassen. Und dann das. Sie flehte ihn an, das zu tun was sie beide sehnsüchtig erwarteten. Er bewegte sich schneller, sie hielt sich an der Rückenlehne fest, um seine harten Stöße empfangen zu können, spreizte die Beine noch etwas mehr und hob das Becken damit er noch tiefer in sie eindringen konnte. Ihre Atmung wurde schneller, ihr stöhnen immer lauter. Er wusste das sie gleich kommen würde und er war ebenfalls soweit. Ihre Muskeln zogen sich um ihn zusammen, pressten ihn wie eine Faust und er kam mit einer gewaltigen Wucht tief in ihr. Einmal, zweimal, dreimal … ergoss er sich in ihr. Sie brachen beide auf der Rückbank zusammen. Noch eine ganze Zeit lang blieben sie so ineinander liegen.

„Zane mir geht es mit dir, genau wie dir mit mir. Ich will dich genauso sehr. Und ich bin so gern mit dir zusammen." Sie drehte ihren Kopf zu ihm und küsste seinen Hals.

Zane zog sie fest in seine Arme und wollte sie am liebsten nie mehr loslassen.

Sie zogen sich wieder an und verbrachten die restliche Fahrt eng

aneinander gekuschelt bis Angel in einen
leichten Schlaf viel.

10. Schönes Wochenende

Als Angel die Augen wieder aufschlug, hatte der Wagen bereits gehalten. Sie standen vor einem alten, aber gut erhaltenen Blockhaus. Direkt dahinter schloss sich ein riesiger See an, mitten im Wald und so klar, das man in der Ferne nicht wirklich sah wo der See aufhörte und der Rest begann. Es war so ein friedlicher und beruhigender Anblick. Das nächste Haus lag so weit entfernt, dass man es kaum noch erkennen konnte. Nur ein kleiner Punkt am seitlichen Seeufer. Angel rieb sich die Augen, sie wusste nicht ob sie noch träumte oder wirklich hier war. Zane sah sie zärtlich an.

„Wollen wir aussteigen?"

Angel nickte ihm zu unfähig etwas zu sagen. Sam brachte zwei Koffer in das Haus und Zane zog Angel, um das Haus herum, hinter sich her. Neben dem Weg zum Eingang standen wilde Blumen in allen möglichen Farben und Formen, gelb, rot, rosa, lila, blau, orange. Die Farbenpracht erinnerte sie ein wenig an das Gemälde *Gartenweg* von Monet.

„Wie findest du es?"

„Da fragst du noch? Zane es ist

traumhaft, ich weiß gar nicht was ich sagen soll."

Er lächelte sie an, zog sie in seine Arme und gab ihr einen Kuss auf den Scheitel. Er hatte gehofft das es ihr gefällt, doch sicher war er sich nicht gewesen. Doch so wie ihre Augen strahlten, gab es keinen Zweifel, die Überraschung war gelungen.

„Schön das es dir gefällt. Soll ich dir das Haus zeigen?"

Angel nickte ihm eifrig zu. Er führte sie über die Terrasse durch eine große Flügeltür ins Innere des Hauses. Sie befanden sich direkt in dem großzügigen Wohnbereich mit einem wunderschönem großen Kamin an einer Wand und einem riesengroßen, kuscheligen Tierfellteppich davor. Unecht, Gott sei Dank, bei dem Gedanken musste Angel grinsen. Alles war in gemütlichen Beige- und Brauntönen gehalten. Selbst das Sofa lud zum Kuscheln ein. Durch einen kleinen Flur ging es in eine atemberaubende Küche. Im Gegensatz zum Haus selbst, war sie sehr modern eingerichtet, beige Küchenfronten gepaart mit Glas und einer Ablagefläche aus dunkelgrauem Schiefer. Ein großer Tisch mit sechs Stühlen darum, lud regelrecht zu einer wundervollen Mahlzeit ein. Zurück in den Flur, ging es eine schön geschwungene Treppe hinauf in das erste Obergeschoss mit den wunderbaren bodenhohen Fenstern, die genug Licht herein brachten, trotz des dichten Waldes um das Haus herum. Zane führte sie zuerst in das letzte Schlafzimmer des Ganges von dem aus man einen perfekten Blick auf den See hatte und vom Sonnenaufgang geweckt werden konnte. In der Mitte stand ein riesiges Himmelbett mit weißer Blumen bedruckter Bettwäsche. Am liebsten hätte sich Angel direkt darauf geworfen.

„Ich dachte mir das könnte dein Schlafzimmer sein, wenn es dir gefällt. Sam hat deinen Koffer bereits dort hin gestellt." Er deutete auf den Koffer in der Ecke des Zimmers. Angel sah ihn überrascht an.

„Ich habe doch aber überhaupt nichts gepackt? Und schläfst du denn nicht bei mir?" Bei der Frage stieg ihr das Blut in die Wangen, doch sie war davon ausgegangen das, wenn sie das Wochenende miteinander verbrachten, auch in einem Bett schlafen würden. Zane schaute sie an und in seinen Augen strahlte etwas, was sie nicht bestimmen konnte.

„Natürlich würde ich bei dir bleiben,

wenn du es denn willst", sagte er leise und strich mit der Hand über ihren Rücken. Angel nickte ihm zaghaft zu, woraufhin er ihr einen zärtlichen Kuss gab. Nach ihrer Reaktion vor der Abfahrt, war er sich nicht sicher gewesen und wies Sam an, sein Gepäck vorerst in das andere Schlafzimmer zu bringen. "Dann sollte ich meine Tasche wohl auch her holen. Und was deine Sachen angeht, habe ich mir erlaubt dir welche zu kaufen, damit wir keine Zeit mit packen verlieren. Außerdem sollte es doch eine Überraschung sein."

„Eine wirklich fantastische Über-raschung. Es ist schon fast Ein Uhr, soll ich uns etwas zu essen machen?"

„Wie wäre es mit einem Picknick am See?"

„Eine prima Idee. Du holst deine Sachen und ich sehe mich in der Küche um." Und schon war Angel durch die Tür verschwunden und Zane lachte ihr nach, machte sich auf den Weg in das andere Schlafzimmer und holte seinen Koffer. Als er in die Küche kam hatte Angel bereits einige Leckereien auf dem Tisch gestapelt und war gerade dabei Obst zu schneiden und in Dosen zu verstauen.

„Ich hoffe du hast Hunger, ich glaub ich könnte ein ganzen Bären futtern."

„Allerdings, mein Magen knurrt schon seit einer Weile, was ich heut gegessen habe ist nicht durch meinen Magen gewandert." Zane wackelte mit den Augenbrauen und lachte. Angel wusste sofort was er meinte.

„Ich bin Dessert und keine Hauptspeise Mr. Dawson."

„Das sehe ich anders."

„Dann werden wir mal dafür sorgen, dass du wieder zu Kräften kommst." Dieses Mal war sie es die ein zweideutiges Gesicht aufsetzte und eilig alles in einen Korb packte, den sie in der Speisekammer entdeckt hatte.

Sie setzten sich am Ufer auf eine rotkarierte Decke und aßen beinah alles auf, was Angel zubereitet hatte. Die Sandwichs waren als erstes an der Reihe und mit dem Obst und den restlichen Leckereien fütterten und neckten sie sich gegenseitig. Anschließend gingen sie lange am Seeufer spazieren, Hand in Hand, unterhielten sich, rannten durch das seichte Wasser und spritzten sich gegenseitig nass. Als es langsam kühler wurde, sammelten sie ihren Korb und die Decke ein und gingen zurück zum Haus. Es war so wunderbar normal wie sie miteinander umgingen, als würden sie sich schon seit einer Ewigkeit kennen. Zane half ihr alles wegzuräumen und schlug ein gemeinsames Bad vor. Das Badezimmer hatte Angel bisher noch nicht gesehen und ihr blieb beim Anblick der riesengroßen, fast whirlpoolartigen Wanne der Mund offen stehen. Während das Badewasser einlief, half Zane ihr aus der Kleidung und betrachtete sie einige Sekunden lang. Dann zog er sich selber aus, wobei Angel jede seiner Bewegungen genau verfolgte. Als er das bemerkte zog er eine Braue in die Stirn.

„Ich sehe dich eben genauso gern an wie du mich."

„Und dir gefällt was du siehst?"

„Oh ja, außerordentlich gut sogar." Damit stieg sie in das feuchte Nass und ihre müden Glieder entspannten sich sofort. Zane folgte ihr und nahm den Platz hinter ihr ein. Er nahm einen neuen Schwamm von der Ablage und ließ ihn über ihren Rücken gleiten, strich über ihre Arme und ihren Bauch, ließ ihn ins Wasser fallen und liebkoste ihre Brüste. Angel genoss jede seiner Berührungen. Sie ließ ihre Hand nach hinten wandern und umschloss sein erigiertes Glied, massierte ihn mit der Hand, während eine seiner Hände nach unten glitt und sie sanft streichelte. Seine kundigen Hände wussten genau was sie zu tun hatten um ein Feuer in ihr zu entfachen. Sein Atem kam ebenfalls stoßweise. Angel drehte sich zu ihm um ohne die Hand von ihm zu nehmen. Sie küsste ihn und seine Zunge öffnete ihren Mund um Zutritt zu bekommen. Er strich über ihren Rücken, ihre Hüfte, ihr Becken, wollte sie zu sich ziehen doch sie bewegte sich nicht. Angel hauchte zarte Küsse über seinen Bauch bis hin zu seiner empfindlichen Spitze.

Zane zog die Luft ein und gab ein stöhnen von sich. Er wollte sie, wollte sie jetzt. „Gott Angel, du machst mich verrückt." Langsam ließ sie ihre Zunge um seine Eichel kreisen während ihre Hand ihn noch immer sachte massierte. Dann nahm sie ihn in den Mund, saugte und leckte an ihm, trieb ihn beinah in den Wahnsinn. Er schob seine Hände in ihr Haar, bewegte sein Becken auf sie zu.

Sie nahm ihn noch tiefer auf, beinah bis zum Würgereflex, genoss die Heftigkeit seiner Stöße in ihren Mund. Spielte mit ihm, reizte ihn bis er meinte er könne nicht länger warten, zögerte seinen Höhepunkt hinaus. Bis er sich schließlich mit einem lauten aufstöhnen in ihrem Mund entleerte. Sie konnte nicht alles schlucken und so lief ihr ein Teil an den Mundwinkeln hinaus. Ehe sie sich aufrichtete, wusch sie ihr Gesicht und sah ihn zufrieden an. Sie musste sich selbst so sehr zusammenreißen sich nicht auf ihn zu setzen, wo sie ihn doch mehr als alles andere wollte. Ihr Schoß bebte vor Sehnsucht, doch sie hatte dem Drang nicht nachgegeben und der Anblick wie er sich verlor war es wert gewesen.

„Das war unglaublich, aber du weißt schon das ich mich dafür revanchieren werde oder?"

„Das musst du aber nicht."

„Und ob ich das muss, bis du mich anflehst aufzuhören." Er setzte ein so laszives Grinsen auf, dass Angel der Mund offen stehen blieb. Das war kein Versprechen, sondern eine Drohung. Eine unheimlich erotische und erregende Drohung.

Am nächsten Morgen wachte sie allein in dem großen Bett auf. Es war schon fast Mittag. Ihre Glieder schmerzten auf eine angenehme Weise. Zane hatte seine Drohung war gemacht. Hielt sie gefühlte Stunden am Rande zum erlösenden Höhepunkt. Als er schlussendlich nachgab, hatte sie das Gefühl bewusstlos zu werden, so intensiv und unvorbereitet traf es sie wie nie zuvor, sie hatte die Erlösung geradezu heraus geschrien. Danach schlief sie sofort eng an ihn gekuschelt ein.

Sie schleppte sich ins Bad und als sie wieder heraus kam, sah sie einen Zettel auf seinem Kopfkissen liegen.

[*Guten morgen Traumfrau. Unten wartet Frühstück auf dich. Zane*]

Angel zog sich den Frotteemantel an, den sie im Bad entdeckt hatte und tapste die Treppe hinunter. In der Küche stand Zane nur in Jeans mit freiem Oberkörper am Fenster und während er seinen Kaffee trank, schaute er hinaus. Er hörte nicht wie sie näher kam, doch als hätte er es gespürt drehte er sich zu ihr um und lächelte sie an.

„Hast du gut geschlafen?"

„Ja. Sehr gut. Danke. Bist du schon lange auf?"

„Nein, noch keine Stunde. Komm, lass uns etwas essen. Ich habe nur auf dich gewartet."

Sie setzten sich an den bereits gedeckten Tisch und Angel war erstaunt über das große Angebot welches vor ihr lag.

„Hast du das alles gemacht?"

„Ja. Eier, Pfannkuchen und Speck sind keine große Sache, der Rest stammt von einem hiesigen Bäcker." Er grinste breit und Angel musste lachen.

Während sie aßen, sah Zane Angel unsicher an und das entging ihr nicht. „Was ist los?"

„Ich wollte dich etwas fragen." Er zögerte jedoch.

„Frag schon."

„Gestern als ich dich abholte da hast du gezögert. Warum?"

Angel holte tief Luft, sie hätte ja damit rechnen müssen, dass er das Thema noch einmal zur Sprache bringen würde, doch sie wusste nicht was sie antworten sollte. „Zane es war nichts."

„Du warst wie erstarrt, bitte sag mir nicht da war nichts."

Angel zögerte kurz und überlegte was sie ihm jetzt sagen sollte, die Wahrheit ging auf keinen Fall und belügen wollte sie ihn nicht. Für ihr Gefühl tat sie genau das schon zu sehr. „Etwas was du gesagt hast, hatte mich ein wenig erschrocken, aber es war nichts, wirklich."

Zane strich sich mit der Hand durch das

feuchte Haar. „Also gut. Vielleicht ein andern mal?" Er wusste sie verschwieg ihm etwas, doch sie wollte scheinbar noch immer nicht darüber reden.Sie nickte ihm leicht zu und zuckte mit den Schultern. Angel wirkte geknickt und traurig. „Angel hör zu. Du musst es mir nicht sagen, nicht jetzt und es ist okay. Ich hoffe aber, dass du mit mir reden wirst, wenn wir etwas länger zusammen sind." Aufmunternd lächelte er sie an und bedachte sie mit einem intensiven Blick. Auch Angel konnte ihm nun ein ehrliches Lächeln schenken.

Den restlichen Sonntag verbrachten sie am See. Gingen spazieren, badeten, unterhielten sich, lachten und liebten sich. Es war als wären sie schon seit Ewigkeiten ein Paar. Doch genau das waren sie, zwei Menschen die mehr füreinander empfanden als nur bloße Freundschaft oder Sex, auch wenn es sich beide noch nicht eingestanden hatten.

Die Fahrt nach Hause verbrachten sie aneinander geschmiegt und zum größten Teil schweigend. Da sie bereits am Sonntagabend abfuhren, blieb Angel über Nacht bei Zane. Keiner von ihnen wollte sich vom anderen trennen. Am Morgen wurden sie von Sam zur Arbeit gefahren.

„Vielen Dank für das traumhafte

Wochenende." Sie standen vor dem Büro von Angel, Zane hatte seine Arme um sie gelegt und schenkte ihr ein strahlendes Lächeln.

„Das können wir jederzeit wiederholen und vielleicht beim nächsten Mal, auch etwas mehr Zeit dort verbringen."

„Das hört sich verlockend an, Mr. Dawson." Angel gab ihm einen Kuss, den er noch vertiefte.

Er wollte sie noch nicht gehen lassen, doch es wurde Zeit. Der Gedanke das es nur ein kurzer Abschied sein würde, tröstete beide.

11. Abschied für immer?

Die nächsten zwei Wochen vergingen wie im Flug. Zane und Angel halfen fleißig bei den Hochzeitsvorbereitungen. Sie schlief in seinem Penthouse wann immer es ihr möglich war oder er übernachtete bei ihr. Mia war völlig aus dem Häuschen, als Angel ihr bei einem ihrer Kaffeetreffen erzählte, dass es scheinbar etwas Ernstes wäre zwischen ihr und Zane Dawson.

„Das kann nur ernst sein, Angel. Ich kenne Zane seit über einem halben Jahr und Bryan kennt ihn noch viel länger. Und er sagt ebenfalls das er noch nie gesehen hat, dass sein Freund sich für eine Frau so ins Zeug legt."

„Ja mag sein. Dennoch leben wir zwei in unterschiedlichen Welten, was die Sache schon etwas komplizierter macht und irgendwann wird auch er es einsehen."

„Also ehrlich. Das siehst aber auch nur du so. Wer, wenn nicht du, weiß besser was es heißt in der Öffentlichkeit zu stehen. Ich sehe dir an, wie gern du ihn hast und das kannst du auch nicht leugnen." Mia sah ihre Schwester eindringlich an.

„Wer sagt das ich das tue? Natürlich mag ich ihn, sehr sogar."

Was ihr vielmehr Sorgen bereitete war die Tatsache, dass er eben noch nicht alles über sie wusste. Im Grunde wusste er nicht einmal, wer Angel wirklich war.

Würde er mich immer noch wollen, wenn er alles wüsste?

Am Freitag hatte Zane sie zum Essen eingeladen. Er wollte einen romantischen Abend mit ihr verbringen, angefangen mit einem perfekten Dinner im teuersten Restaurant in New York. Das Essen war himmlisch, der Wein köstlich und die Musik verzauberte einen regelrecht. Sie unterhielten sich, lachten und küssten sich. Zane konnte kaum die Finger von ihr lassen, auf irgendeine Weise fand er immer einen Weg sie zu berühren und wenn es nur das Streicheln ihrer Hand war. Angel genoss seine Aufmerksamkeit und fragte sich wie ein Mann wie er, nur so verrückt nach ihr sein konnte.

Als sie das Restaurant verließen, trafen sie auf einen Bekannten und Geschäftspartner von Zane. Er stellte sie als seine Freundin vor, was die Augenbrauen seines Gegenübers hochschnellen ließ und dieser breit zu grinsen begann.

„Miss Donovan, es freut mich sehr sie kennen zu lernen. An ihnen muss etwas Besonderes sein, denn ich habe noch nie erlebt, dass eine Frau es schaffte, diesen Kerl zu verzaubern."

„Tja, dann hast du sie jetzt kennen gelernt", antwortete Zane an ihrer Stelle und zog sie fest in seine Arme.

Angel bemerkte, gerade noch rechtzeitig, einen Mann auf der anderen Straßenseite der eine Kamera vor seinem Gesicht platzierte. Rasch drehte sie sich in Zanes Richtung und vergrub ihr Gesicht an seiner Schulter.

„Was ist los?" Er sprach leise und verabschiedete sich von seinem Freund. Mit einem Nicken deutete sie auf den Mann mit der Kamera.

„Journalisten, kleine fiese Aasgeier." Er zog Angel noch dichter an sich heran und führte sie direkten Weges zu seinem Aston Martin. Während der gesamten Fahrt wirkte Angel in sich gekehrt und war sehr still, was ihm nicht entgangen war. Bei ihm angekommen gingen sie schweigend durch die gesicherte Tiefgarage zum Aufzug, erst dort wagte er es sie anzusprechen.

„Er scheint dich ganz schön erschreckt zu haben." Vorsichtig legte er einen Arm um ihre Taille.

„Nein ... Ja, ein wenig. Ich hätte ja eigentlich damit rechnen müssen, oder?"

„Seit knapp drei Wochen sehen wir uns regelmäßig und gehen aus. Ja irgendwann musste es ihnen auffallen das ich KEIN Junggeselle mehr bin. Aber du bist nicht daran gewöhnt, entschuldige, ich hätte dich vorwarnen sollen." Aufmunternd lächelte er sie an.

Oh doch und wie gut ich diese Journalisten kenne. Sie graben solange, bis sie etwas Interessantes finden.

„Es ist ja nicht deine Schuld und natürlich wusste ich, dass die Medien irgendwann Interesse zeigen würden, an der Frau mit der du ausgehst. Es ist nur ..." Sie wusste nicht wie sie es ihm sagen sollte und eigentlich hatte sie auch nur einen Gedanken im Kopf, an den er wahrscheinlich zuletzt glauben würde.

Sie machten es sich noch ein wenig vor dem Fernseher bequem, kuschelten miteinander und er versuchte ihr das Gefühl von Sicherheit zu vermitteln, auch wenn er spürte das ihm das nicht sehr gut gelang.

Am nächsten Morgen war Angel bereits aufgestanden. Für gewöhnlich blieben beide immer so lange liegen und beobachteten den anderen bis er wach wurde, dieses mal war es anders. Angel saß angezogen am Küchentresen und schaute in ihre Kaffeetasse. Als sie Zane bemerkte, schenkte sie auch ihm Kaffee ein und gab ihm einen zarten Kuss auf den Mund.

„Guten Morgen."

„Ist alles in Ordnung mit dir?"

„Ja. Ich muss nur gleich los. Mia und ich treffen uns noch beim Catering für die Hochzeit, ich hatte ganz vergessen dir das gestern noch zu sagen." Sie versuchte sich von ihren eigentlichen Sorgen nichts anmerken zu lassen und strahlte ihn an.

„Ich kann dir noch rasch etwas zu essen machen wenn du magst, ich werde nach dem Besuch beim Cateringservice voll bis oben hin sein glaube ich." Zane musste lachen.

„Das würde ich zu gern sehen, ich frage mich nämlich wie das was du manchmal futterst alles in dich hinein passt. Ich mach mir gleich selber etwas zu essen. Soll ich Sam rufen damit er dich zu ihr fährt?"

„Das wäre lieb. Danke." Er nahm sie in seine starken Arme, drückte sie fest an sich und gab ihr einen leidenschaftlichen Kuss.

„Ich würde alles für dich tun. Ich hoffe nur, es dauert nicht allzu lange, denn du fehlst mir jetzt schon."

„Geht mir auch so." Damit hauchte sie ihm noch schnell einen Kuss auf die Wange und machte sich auf den Weg in die Tiefgarage, in der Sam sie auch schon erwartete.

„Angel, solltest du nicht bei Zane sein?"

„Eigentlich schon, aber ich muss mit dir reden. Ist Bryan auch da?" Mia bat Angel herein und sie setzte sich auf die Couch, während Mia zwei Tassen Kaffee aus der Küche holte.

„Nein, er hatte heut Morgen noch einen Termin. Angel was ist los? Geht es um das Foto?" Angel sah Mia überrascht an.

„Was für ein Foto meinst du?" Mia stand auf und holte ein Blatt Papier aus dem Drucker.

„Das hab ich heut früh zufällig im Internet entdeckt." Sie hielt es Angel hin und diese verlor sofort an Farbe im Gesicht. Was sie sah war das Bild von ihr und Zane, vor dem Restaurant, wie sie ihr Gesicht an seiner Schulter vergrub. Die Überschrift lautete *"New Yorks Junggeselle in festen Händen?"* Angel überflog nur kurz den dazugehörigen Artikel. Es wurde geschrieben, dass die beiden schon mehrmals zusammen gesehen wurden und man fragte sich, wer die schöne junge Frau sei, die es schaffte sich New Yorks beliebtesten Junggesellen zu angeln. Ihr wurde übel und ihr Mund wurde staubtrocken.

„Um ehrlich zu sein geht es genau darum. Den Fotografen sah ich scheinbar noch rechtzeitig."

„Angel mach dich nicht verrückt deswegen. Es ist nur ein Foto."

„Mia. Sie wollen wissen wer ich bin und das doch zurecht. Reporter sind wie Bluthunde, sie suchen solange bis sie was zu fressen gefunden haben. Dazu bin ich nicht bereit und ich weiß nicht ob ich es jemals sein werde. Zane weiß nicht einmal wer ich bin und das ist noch schlimmer. Er wird glauben ich hätte ihn die ganze Zeit belogen, dabei will ich ihn nur schützen."

„Dann sage ihm alles. Erzähl ihm was passiert ist und wovor du dich fürchtest.

Nur so kann er eurer beider Sicherheit garantieren."

„Man ist nie wirklich sicher und das weißt du auch." Angel stellte den Kaffee ab und ließ sich zurück fallen.

„Und was willst du jetzt tun?"

„Ich weiß es nicht. Ich muss nach Hause und nachdenken. Kannst du mich fahren?"

Zurück in ihrer Wohnung rollte sich Angel in ihrem Lieblingssessel am Fenster ein und blickte ins Leere. Das Foto hatte eine gewisse Panik in ihr ausgelöst. Alles was damals geschah, die Gefahr, sie schien wieder direkt vor ihr zu stehen. Das konnte sie Zane unmöglich zumuten. Weder ihm, noch sich selbst.

Was soll ich jetzt tun? Ihn in Gefahr bringen? Das war nie meine Absicht.

Schlussendlich fiel ihr nur eine einzige Lösung ein, auch wenn es ihr das Herz brechen würde. Es war bereits Abend geworden und es dämmerte langsam. Ihre Türklingel ließ sie zusammenzucken.

„Mia sagte mir das sie dich nach Hause gefahren hat. Was ist denn los, du bist ganz blass. Wirst du krank?" Zane musterte sie besorgt.

„Nein das nicht. Komm rein, ich muss mit dir reden." Der Kloß in ihrem Hals schien von Sekunde zu Sekunde größer zu werden. Doch ihr blieb keine andere Wahl, wenn sie wollte, dass es ihm auch weiterhin gut ginge. Er setzte sich auf einen kleinen Hocker ihr gegenüber, während sie selbst wieder im Sessel platz nahm.

„Angel was ist los? Raus damit." Dieses Mal wollte er sich nicht so leicht zurückweisen lassen. Irgendetwas stimmte nicht und er wollte endlich wissen was es war. Angel zog den Artikel hervor den Mia für sie ausgedruckt hatte und hielt ihn Zane hin. Er betrachtete kurz das Bild und las den Artikel.

„Das ist von gestern Abend. Was daran hat dich so erschreckt? Angel rede mit mir."

„Ich... Zane ich kann das nicht. Ich weiß, ich hätte es vorher wissen sollen, aber so..." Angel stockte, wusste nicht wie sie es ihm beibringen sollte, wo sie eine Trennung doch eigentlich gar nicht wollte. Zane sprang auf und bewegte sich im

Zimmer hin und her wie ein gehetztes Tier.

„Was willst du mir damit sagen? Das wir uns nicht mehr sehen sollten?" Er war aufgebracht und verstand rein gar nichts mehr. Angel nickte stumm, ihre Tränen konnte sie nicht mehr zurück halten. Zane ging vor ihr in die Hocke und strich ihr eine Träne von der Wange.

„Du willst das doch gar nicht. Wir finden einen Weg damit zurechtzukommen." Er sprach sanft und leise. Was er nicht wollte war, sie zu verlieren und er konnte sehen, dass es ihr auch so ging. Oder sollte er sich irren?

„Doch Zane. Genau das will ich. Ich bin doch überhaupt nicht die Richtige für dich", brachte sie mit tränen erstickter Stimme hervor und erhob sich langsam.

„Verdammt Angel. Wer richtig, gut oder falsch für mich ist, entscheide ich immer noch selbst. Du kannst doch nicht einfach alles aufgeben, wegen eines blöden Artikels."

„Es ist doch nicht nur das. Du solltest jetzt wirklich gehen", mit diesen Worten, schob sie ihn langsam Richtung Tür. Es gab nichts was er, sagen oder tun konnte damit sie ihre Meinung änderte.

„Angel bitte, tu das nicht." Er sah sie flehend an, doch es half nichts.

Sie schloss die Tür vor seiner Nase, ehe sie dahinter zusammen brach.

Zane war sich nicht sicher was da gerade geschehen war. Er klopfte noch mehrere Male gegen die verschlossene Tür, doch Angel öffnete ihm nicht. Warum tat sie das? Warum wollte sie ihn nicht mehr? Er konnte leise ihr Schluchzen durch die Tür hören. Wenn es ihr doch ebenfalls so sehr schmerzte, warum tat sie es dann? Ihn einfach vor die Tür zu setzen ohne ihm wirklich eine Erklärung zu geben. Die Fragen kreisten durch seinen Kopf, ohne ihm Antworteten zu liefern, das konnte nur sie. Zane ließ die Szene vom Vorabend, die anscheinend der Auslöser war, Revue passieren. Ohne Ergebnis. Für heute beschloss er zu gehen, es brachte nichts sie jetzt noch weiter zu bedrängen. Doch er wollte sie nicht aufgeben, er würde kämpfen.

Dumpf vernahm Angel die sich entfernenden Schritte von Zane. Langsam erhob sie sich, schleppte sich zur Couch und rollte sich auf ihr zusammen. Sie wollte ihn nicht verletzen, mit seiner starken Reaktion hatte sie nicht gerechnet und schon gar nicht mit seinen Tränen gefüllten Augen. So schnell würde sie diese nicht vergessen. Da wäre es doch besser gewesen er wäre wütend auf sie.

12. Die Vergangenheit

Das kleine Mädchen erwachte aus ihrem Erschöpfungsschlaf. Langsam schlug sie die Augen auf und betrachtete, leicht benommen, den schmalen Lichtstrahl, der unter der kleinen Holztür zu sehen war. Ihr war schrecklich kalt und alles tat unheimlich weh, doch am meisten schmerzte der Kopf. Sie wagte es kaum sich zu bewegen, doch ihr Durst ließ sie in Richtung Tür krabbeln. Dort angekommen, fand sie den kleinen Eimer mit Wasser. Nur zu gut kannte sie bereits jeden Winkel ihres dunklen Gefängnisses, zu lange war sie schon dort eingesperrt.

Plötzlich waren sie wieder da, diese schrecklichen Bilder, die sie nie mehr loslassen werden kann. „Daddy", wimmerte sie leise.

„Er ist tot", hatte dieser schreckliche Mann, der sie schon sooft geschlagen hatte, weil sie weinte, gesagt. TOD. Das Mädchen wusste, was das hieß. Ihre Mom sagte dieses Wort, als sie ihr erzählte, Granny sei nun im Himmel und käme nicht wieder zu ihnen. „Sie wacht von dort über uns", hatte Mommy gesagt. Dann war Daddy nun also auch im Himmel. Erneut

fing die Kleine an zu schluchzen. „Mommy, bitte hilf mir", flüsterte sie in die Dunkelheit.

Als sie Schritte hinter der Tür hörte, krabbelte sie schnell in die gegenüberliegende Ecke des kleinen Raumes. Sie wusste sie musste sich etwas rechts halten, denn ein Stück vor der Tür, etwa mittig im Raum, befand sich etwas Rundes, Zylinder ähnliches im Boden. Es war schmal, etwa so dick wie einer von Daddys Daumen und schaute eine Handbreit aus der ebenen Fläche hervor. Ein paar Kratzer hatte sie sich dort schon geholt, denn es war sehr scharfkantig.

Die Tür wurde aufgerissen, der Mann trat herein und zog an ihrem Oberarm. Ohne ein Wort wollte er offenbar, dass sie mit ihm kam. Doch sie hatte keine Kräfte mehr, konnte kaum stehen, geschweige denn laufen. Sie gab ihr Bestes, doch kaum war sie auf den Füßen, fiel sie auch schon wieder hin. Sie hatte schreckliche Angst, fing an zu weinen, was den Mann scheinbar wieder noch wütender machte, denn sein Griff hatte sich schmerzlichst verstärkt.

Plötzlich ertönte ein lauter Knall. Der Mann zuckte zusammen, wie sie selbst auch vor Schreck, dann ließ er sie los und rannte davon. Das Mädchen hatte nicht die Kraft sich abzufangen und stürzte zu Boden. Zuerst tat es gar nicht so weh, doch als sie sich aufrichten wollte, durchzog sie ein wahnsinnig intensiver Schmerz, der durch ihren ganzen Körper lief. Das Ding im Boden, hatte sich in ihren Unterbauch gebohrt. Nicht einmal ein Schrei, wollte ihren Mund verlassen. Vielleicht würde sie nun zu ihrem Daddy gehen, dachte sie noch, ehe ihre Sinne schwanden.

Sie spürte auf einmal, wie sich sacht eine Hand um ihr Handgelenk legte, was sie ihre Augen noch einmal öffnen ließ. Eine ruhige und freundliche Stimme, die sie noch nicht kannte, sagte ihr, dass sie in Sicherheit wäre. Plötzlich … vollkommene Dunkelheit, Stille, Schmerzfreiheit.

Angel schreckte verschwitzt hoch. Schon lange hatte sie derartige Träume nicht mehr gehabt und da waren sie wieder. So real und grausam, wie sie es vor 14 Jahren erlebte.

*

Zane saß in seinem Büro und blickte durch die große Fensterfront nach draußen. Wirklich konzentrieren konnte er sich schon die letzten vier Tage nicht mehr. Es zog ein Gewitter auf und der Himmel verdunkelte sich immer mehr, der Regen wurde stärker und heftiger Wind peitschte die Tropfen mit aller Wucht gegen die Scheiben. So düster wie sich die Stadt gerade zu seinen Füßen legte, so düster war es auch um und in ihm, wenn Angel nicht bei ihm war. Er hatte sie gefühlte hundertmal angerufen, ihr geschrieben, war zu ihr gefahren, doch sie regierte nicht. Ein einziges Mal war sie an das Telefon gegangen, nur um ihm zu sagen er solle endlich aufgeben, er wüsste nicht einmal wer sie sei. Zane verstand das nicht und sie wollte es ihm auch nicht erklären, dann legte sie einfach auf. Doch wie sollte er sie vergessen? Nie zuvor hatte er so starke Gefühle für eine Frau entwickelt wie zu Angel. Doch so langsam musste er sich eingestehen, dass er sie wohl verloren hatte, jedoch wollte und konnte er das nicht akzeptieren. Es raubte ihm den Schlaf, den Appetit, die Fähigkeit Freude zu empfinden. Eigentlich würde er sich im Moment lieber zu Hause einigeln und nachdenken was er noch tun könnte um sie zurückzugewinnen. Doch seine

Position und Verantwortung ließen ihm dazu keine Zeit, also funktionierte er nur noch ohne wirklich da zu sein. Bryan wollte mit ihm am folgenden Tag zu Mittag essen, Lust hatte Zane dazu überhaupt nicht, aber er wollte seinen Freund nicht enttäuschen.

Angel saß bei Mia in der Küche vor einem Teller Spagetti Carbonara, eigentlich mochte sie die sehr gern und Mia hatte es extra für sie gekocht, doch sie hatte absolut keinen Appetit. Seit fünf Tagen hatte sie kaum geschlafen und noch weniger gegessen.

Selbst als sie Alec zur Therapie gefahren hatte und anschließend mit ihm etwas essen ging konnte sie nur einen Bissen zu sich nehmen.

Alec dachte wahrscheinlich sie war vielleicht krank, zumindest sah sie so aus, doch sie hatte auch kaum mit ihm gesprochen, was ihr im Nachhinein furchtbar leid getan hatte.

„Angel komm schon. Iss wenigstens einen kleinen Happen, mir zu liebe."

„Es tut mir leid Mia, du hast dir solche Mühe gemacht, aber ich habe wirklich keinen Hunger." Sie schaute ihre Schwester müde an.

„Rede mit ihm. Ich habe dich noch nie so gesehen und allmählich machen wir uns alle Sorgen um dich und ihm geht es nicht viel besser und er ist schlecht gelaunt, soweit ich von Bryan weiß."

„Könnten wir uns bitte einem anderen Thema zuw ..."

„Nein, können wir nicht. Du liebst ihn und das weiß ich genau. Du brauchst es gar nicht abstreiten. Es wird Zeit, dass du mit ihm sprichst und zwar über alles, auch über das was dir so große Angst macht und Magenschmerzen bereitet. Glaubst du wirklich er könnte nicht damit umgehen? Du hast dich lange genug versteckt Angel Donovan."

„Sie hat recht." Bryan stand an den Türrahmen gelehnt und hatte die Arme vor der Brust verschränkt.

„Selbst wenn, es ist zu spät. Ich glaube nicht das Zane auch nur noch ein Wort von mir hören will so wie ich ihn vor die Tür gesetzt habe." Angel stand auf, nahm ihre Tasche und ging an Bryan vorbei. „So ist es besser und zwar für alle." Damit verließ sie die Wohnung und fuhr nach Hause.

Vielleicht haben die beiden recht, aber eben nur vielleicht.

Angel war sich nicht sicher. Wie sollte sie das machen? Sie wusste nicht einmal wo sie anfangen sollte und sein Gesicht zu sehen, wenn er erfährt das sie nicht die war die er glaubte, das machte ihr Angst. Dr. Peterson sagte immer, sie sollte sich ihren Ängsten stellen, doch wie macht man das, wenn man erstarrt und gelähmt ist und keinen Weg hinaus findet?

Bryan ließ es keine Ruhe. Es kann nicht zu spät sein und Angel sollte sich langsam ihrer Vergangenheit stellen, egal wie viel Schuld sie sich selber an all dem gibt.

Sie war noch ein Kind verdammt noch mal.

Zane und er waren zum Essen verabredet. Er hatte ihn zu sich ins Büro bestellt, denn nur dort konnte er in Ruhe mit ihm reden, mit beiden. Zumindest hatte er das gehofft, doch Angel wollte nicht dabei sein. Beim Telefonat noch am Abend mit ihr, gab sie ihm ihr Einverständnis Zane alles zu erzählen, doch es war ihr unmöglich dabei zu sein. Sie sagte er hätte ein Recht die Wahrheit über sie zu erfahren. Hätte sie geahnt was Bryan alles wusste, hätte sie wahrscheinlich nicht zugesagt.

So war es, dass Bryan nun in seinem Büro allein saß und überlegte wie er anfangen sollte, wenn Zane eintraf.

„Hey mein Freund. Entschuldige aber du siehst scheiße aus."

„Wirklich nette Begrüßung. Hast du geübt?" Zane war beinah genau so blass wie Angel und hatte leichte Augenringe, was zeigte das auch er nicht besonders gut geschlafen hatte in den vergangenen Nächten.

„Setz dich doch bitte. Ich wollte zuerst über etwas mit dir reden."

„Über etwas oder über jemanden?"

„Beides. Denke ich." Bryan strich sich mit der Hand durch sein blondes Haar.

„Gib dir keine Mühe. An mir liegt es nicht, ich habe alles versucht doch sie will nichts von mir wissen."

„Genau damit liegst du falsch, glaube mir. Es gibt einen Grund für ihr Verhalten und ich will das du es verstehst. Sie gab mir hierfür ihre Zustimmung, wenn auch widerwillig und auch nur, weil sie dich liebt Zane." Zane sah seinem Freund lange in die Augen, wusste nicht was er davon halten sollte und was er ihm sagen konnte.

„Bryan, egal was es ist, wenn es mir hilft sie zurückzubekommen hör ich dir zu. Ich habe noch nie so für jemanden empfunden, wie es bei ihr der Fall ist."

Bryan nickte, denn er verstand. „Ich sagte dir bei der Feier doch das ich Angel schon sehr lange und sehr gut kenne. Wir haben sechs Jahre lang jeden Sommer miteinander verbracht. Es wird Zeit für die Wahrheit mein Freund und ich sag es dir auch nur, weil ich genau weiß, was du für sie empfindest."

Zane sah seinen Freund erstaunt an. Er war bisher immer davon ausgegangen, das sie sich von der Arbeit kannten, aber damit hatte er nicht gerechnet.

„Du kennst die Monnahan Group?"

„Ein großes und ziemlich erfolgreiches Bauunternehmen. Mein Vater hatte damals eine kurze Zeit mit ihnen zu tun. Aber was hat das mit Angel zu tun?"

„Nicholas Monnahan, der Gründer des Unternehmens, war Angels Dad." Zane klappte die Kinnlade herunter. Damit hatte er nicht gerechnet. Er wusste nicht viel, außer das Nicholas Monnahan vor ungefähr vierzehn Jahren umgebracht wurde, ebenso seine Frau und seines Wissens nach auch das einzige Kind und das Unternehmen seitdem von einem Partner weitergeführt wurde.

„Sein einziges Kind wurde, während einer Entführung, getötet soweit ich weiß." Seine Stimme klang rau.

„Das ist nicht ganz richtig. Der letzte Sommer den wir gemeinsam verbrachten war vor vierzehn Jahren. Damals war noch eine andere Familie mit Kindern dort, ein dreijähriger Junge und ein zwölfjähriges Mädchen. Sie war sehr hübsch und in meinem Alter. Für gewöhnlich waren Angel und ich immer zusammen und unternahmen jeden Tag etwas. Nicht aber, an diesem einen Tag, ich wollte der Neuen, ich weiß ihren Namen gar nicht mehr, die Umgebung zeigen. Also sagte ich Angel ab. Sie ging allein zum Strand, oder wo auch immer sie war. Als sie bis zum Abend nicht wieder auftauchte, fragte man mich wo sie sein könnte. Wir haben die ganze Nacht gesucht. Glaub mir, ich denke heute noch, wäre ich bei ihr geblieben wäre das alles vielleicht nicht passiert." Er sah zum Fenster doch sein Blick ging ins Leere.

„Das ist doch nicht deine Schuld. Wer hätte so was ahnen können und wer weiß, vielleicht wärt ihr dann beide verschwunden."

„Ja mag sein. Nach drei Tagen kam ein Erpresserschreiben mit einem aktuellen Bild von Angel und der Tageszeitung, mit Datum, vor ihr. Meine Eltern und ich waren jeden Tag bei Nicholas und Elisabeth. Die Erpresser gaben zwei Tage Zeit, eine Million Dollar zu beschaffen, dann wollten sie sich melden wo das Geld hingebracht werden sollte, mit der Bedingung, dass Nicholas es allein bringen sollte und keine Polizei, sonst würden sie ihr Kind nie wieder sehen. Und er ließ sich darauf ein, er wollte das Leben seiner Tochter auf gar keinen Fall gefährden. Zane, ich habe das Bild gesehen und kann ihn verstehen. Angel war völlig verdreckt, hatte eine Platzwunde an der Stirn und blaue Flecke. Den Anblick vergesse ich nie."

Zane legte sein Gesicht in seine Hände. Das man der Frau die er liebte so etwas angetan hatte, konnte er kaum verarbeiten. Aber was für Menschen taten so etwas einem zehnjährigen Kind an? Jetzt verstand er auch ihre Reaktion, als er von entführen sprach. „Sprich weiter", sagte er mit bebender Stimme.

„Die Geldübergabe verlief nicht wie erhofft. Sie nahmen auch ihn mit. Am nächsten Abend bekam Elisabeth einen Anruf, wo sie die Leiche ihres Mannes finden würde. Später kam ein FBI Agent und brachte ein Tonband mit. Den Anblick wollte man ihr ersparen, Nicholas wurde mit einem Kopfschuss regelrecht hingerichtet." Bryan musste schlucken.

„Was war auf dem Tonband? Was war mit Angel?" Zanes Stimme war kaum mehr als ein Flüstern.

„Mein Dad schickte mich raus, während er bei Lisa blieb. Aber ich habe mich von Mom weggeschlichen, ich wollte ebenfalls wissen was mit Angel war, ob sie noch lebte. Hätte ich besser nicht tun sollen. Auf dem Tonband war zu hören wie Nicholas bat, dass sie seine Tochter gehen lassen sollten, sie hätten das Geld und ihn, es sei nicht nötig ihr weiter weh zu tun. Doch die Entführer lachten nur. Man hörte wie eine Waffe klickte und Angel schrecklich zu schreien anfing, ein Schuss und dann nur noch ihr Weinen und Schreien."

„Warte, sie musste zusehen wie ihr Vater ermordet wurde?" Er sah seinen Freund ungläubig an. Er konnte nicht fassen, was er da zu hören bekam. Wer ist so grausam und lässt ein Kind so etwas mit ansehen. Das konnten nur reine Monster gewesen sein.

„Ja so war es. Als eine Spezialtruppe des FBI sie endlich aufgespürt hatte, war

Angel ganze acht Tage in ihrer Gewalt. Im Krankenhaus durfte ich auch nicht zu ihr. Alles was ich weiß ist, dass ein Entführer entkommen konnte und einer erschossen wurde. Angel musste operiert werden und stand unter ständigem Schutz. Sie hatte eine schwere Verletzung am Bauch soweit ich weiß, ein paar Brüche und Platzwunden. Ich kann und will mir bis heute nicht vorstellen, was sie mit ihr gemacht haben." Unwillkürlich glitten Zane´s Gedanken zu der kleinen Narbe an ihrem Bauch.

„Wie starb ihre Mutter?"

„Sie wurde im Krankenhaus erschossen, als sie von den Ärzten kam. Angels Zustand war instabil, dennoch hatte man sie noch in derselben Nacht verlegt. Danach hörte man nichts mehr. Ich war immer davon ausgegangen, dass auch sie gestorben war." Bryans Augen füllten sich mit Tränen.

„Als ich sie hier wieder gesehen habe, konnte ich es kaum glauben. Wir trafen uns ein paar Mal. Sie weiß nicht, dass ich etliche Details zu ihrer Entführung kenne, wie sollte sie auch. Aber sie hat mir erzählt das sie sich schuldig fühlte. Das ihre Eltern noch leben könnten, wenn sie nicht gewesen wäre. Sie sieht sich in deinem

Fall als deinen schwächsten Punkt. Ihre Angst, man könnte dir ähnliches antun, indem man ihr droht ist stärker als ihr Vertrauen. Außerdem musste sie dir die ganze Zeit verschweigen wer sie wirklich ist. Aber nun weißt du, wer sie ist und wovor sie solche Angst hat."

Zane wusste nicht was er sagen sollte. Was er soeben gehört hatte war schrecklich. Jeder wäre daran zerbrochen, diese schrecklichen Bilder könnte man nie mehr aus seinem Gedächtnis streichen. „Ich muss mit ihr reden." Er sah seinen Freund fest entschlossen an.

„Nach Feierabend ist sie bei Mia. Komm dort mit hin, es ist einfacher, wenn wir in ihrer Nähe sind."

„Wir treffen uns 19.00 Uhr vor Mias Wohnung." Damit stand er auf und ging, er brauchte einen klaren Kopf und musste überlegen was er ihr sagen sollte. Er wollte nicht das ihre Vergangenheit zwischen ihnen stand. Irgendwie musste er ihr Vertrauen gewinnen oder besser gesagt, musste er ihr helfen den Glauben an eine glückliche Zukunft mit ihm zu finden.

„Mia, lässt du mich kurz mit Angel alleine?" Bryan lächelte seiner Liebsten zu und gab ihr einen Kuss, seine Augen wirkte jedoch ernst.

„Okay, dann werde ich schon mal den Tisch decken." Als sie das Wohnzimmer betrat, stockte sie kurz als sie Zane entdeckte. Er stand reglos am Terrassenfenster und hielt sich den Finger an die Lippen, als Zeichen sie sollte nichts sagen. Sie nickte ihm kurz zu und nahm auf der Couch platz ohne ihn aus den Augen zu lassen. Er wirkte ernst und irgendwie traurig.

„Was gibt es denn Bryan." Angel ahnte bereits, dass ihr das was er zu sagen hatte nicht gefallen würde, sein Gesichtsausdruck war viel zu ernst.

Bryan räusperte sich kurz ehe er fortfuhr. „Ich habe Zane heut getroffen und ich habe ihm alles erzählt."

Angel nickte. Er sagte ihr ja, dass er mit ihm sprechen würde. Als sie sprach war ihre Stimme kaum mehr als ein Flüstern. „Er hat es nicht gut aufgenommen und ist jetzt sauer oder? Vielleicht war das doch keine so gute Idee."

Bryan schüttelte den Kopf.

„Angel ich liebe dich und ich bin froh, dass er es getan hat, wenn das der einzige Grund ist warum du dich von mir getrennt hast." Zane stand in der Tür und sah sie liebevoll an. Am liebsten hätte er sie sofort in seine Arme genommen, doch er wagte es nicht.

„Zane ich…" Sie wusste nicht was sie darauf sagen sollte, ihre Augen füllten sich mit Tränen und sie musste sich am Tisch stützen um nicht das Gleichgewicht zu verlieren. Während Bryan sich langsam zurück zog, ging Zane schnellen Schrittes auf sie zu und blieb dicht vor ihr stehen. Sie sah ihm in sein müdes Gesicht, legte ihren Kopf an seine Brust und fing an zu schluchzen. Er legte seine Arme um ihren zitternden Körper und hielt sie fest an sich gepresst bis sie sich wieder etwas beruhigt hatte.

„Warum hast du mir nichts erzählt? Wie kommst du darauf du könntest mich in Gefahr bringen?"

„Ich habe außer mit Dr. Peterson noch nie darüber gesprochen. Zane ich wollte dir nicht weh tun, bitte glaub mir das."

„Ja ich weiß. Ist ja schon gut." Er sprach ganz sanft zu ihr und wiegte sie in seinen Armen leicht hin und her.

„Als ich das Bild sah und… Sie werden wissen wollen wer ich bin. Es geht nicht nur um meine Eltern, sondern auch darum wer ich für dich bin. Außerdem würde irgendein Journalist, früher oder später, herausfinden wer ich bin und das wusstest du vorher eben nicht. Wie sollte ich dir das erklären, ohne auch den Rest zu erzählen. Dazu war ich nicht bereit. Im Grunde bin ich es noch immer nicht. "

„Ich werde nicht zulassen, dass dir etwas passiert und du musst dir auch keine Sorgen um mich machen. Der einzige Mensch der mich verletzen kann das bist du und zwar, wenn du dich noch einmal von mir trennst anstatt mit mir zu reden." Erneut stiegen Tränen in ihr auf.

Sie redeten noch fast eine Stunde miteinander, bis Zane dann vorschlug nach Hause zu fahren.

„Komm heute Nacht mit zu mir, ich kann dich morgen Früh zur Arbeit fahren." Angel saß auf seinem Schoß, strich ihm mit der Hand durch sein Haar und sah ihm tief in seine blauen Augen.

„Kannst du das von vorhin noch einmal wiederholen?"

„Du meinst meine ersten Worte als ich in die Küche kam?" Angel nickte ohne den Blick von ihm zu nehmen.

„Ja. Genau die."

„Ich liebe dich Angel Donovan."

„Ich liebe dich auch." Er verschloss ihre

Lippen mit seinen. Sie hatte es so sehr vermisst ihn zu spüren, zu schmecken, seine Liebe zu ihr.

Angel hatte noch einen weiten Weg vor sich, das wusste sie, dennoch wollte und konnte sie nicht auf ihn verzichten. Sie hatte fünf qualvolle Tage zum Nachdenken und zwei Sitzungen bei Dr. Peterson hinter sich. Angel war fest entschlossen ihrer beider Glück nicht noch einmal zu zerstören. Sie würden beide kämpfen.

Als sie beide in dem großen Bett in Zane´s Penthouse lagen, sahen sie sich noch lange schweigend an. Glücklich darüber wieder den anderen im Arm zu haben, den leisen Atem zu hören und sich gegenseitig das Gefühl von Geborgenheit zu vermitteln. Am Morgen lag sie noch immer in seinen Armen, als sie ihn ansah, blickte sie geradewegs in seine strahlenden Augen.

„Guten Morgen. Hast du Hunger?"

„Ja allerdings, aber ich würde viel lieber so liegen bleiben." Sie schmiegte ihr Gesicht an seine breite Brust.

„Ich auch, aber wir müssen beide zur Arbeit und ich will sicher gehen, dass du vorher noch etwas isst. Geh du unter die Dusche und ich mach uns schnell etwas.

Ich leg dir noch etwas zum Anziehen hin."

„Heißt das, du hast Sachen von mir hier?"

„Nicht ganz, ich habe Sam losgeschickt und er hat dir etwas gekauft."

Okay der Gedanke ist merkwürdig. Aber er hatte ja auch die Sachen für das Wochenende besorgt.

Angel musste lachen und sprang aus dem Bett. In dem Moment wie sie das Bad verließ, kroch ihr schon der herrliche Duft nach Kaffee und Pancakes in die Nase. Seit langer Zeit meldete sich wieder der Appetit in ihr.

13. Hochzeit

Zane und Angel beschlossen sich am Tag der Hochzeit der Öffentlichkeit zu stellen. Er konnte sie davon überzeugen, das egal wer an seiner Seite war oder wer ihm nahe stand immer einen Angriffspunkt darstellen würde, doch man kann nicht sein Leben in Einsamkeit verbringen. Er wollte beides, er wollte weder sie, noch seine Firma aufgeben.

Angel würde das auch nie erwarten, aber zumindest wurde ihr so etwas klar. Die einzigen Schuldigen am Tod ihrer Eltern, waren die Monster, die das wollten, was ihnen nicht gehörte. Um die Vergangenheit vorerst ruhen zu lassen, sollte die Presse wissen, wer sie war. Wer sie im Augenblick war. Irgendwann würde jemand heraus finden woher Angel stammte, doch ein Schritt nach dem anderen.

„Und du bist wirklich bereit zurück in die Öffentlichkeit zu treten? Wenn auch vorerst als Miss Donovan." Zane sah Angel liebevoll an und strich mit der Hand über ihren Arm. Sie schmiegte sich noch fester an ihn.

„Für dich würde ich alles tun." Sie

schaute ihm in seine strahlenden Augen, wohl wissend das sie die Worte benutzte die er einst zu ihr sagte.

Der Hochzeitstag kam schnell näher. Viel Zeit hatten sie kaum für einander, es war viel zu tun und Zane musste auch noch für vier Tage nach London. Es gab Probleme mit den Bilanzen in seiner dort ansässigen Zweigstelle, worum er sich persönlich kümmern musste.

Der Tag der Trauung war traumhaft, die Sonne schien, es gab einen klaren blauen Himmel und rundherum hörte man fröhliches Vogelgezwitscher. Mia und Angel standen vor dem riesigen Spiegel in einem der hinteren Zimmer der Kirche, in der die Trauung stattfinden sollte. Mia sah atemberaubend aus in diesem weißen, aus Seide und Tüll bestehenden Traum. Schulterfrei und mit hauchzarten, perlenbestickten Blumenapplikationen auf dem weit schwingenden Reifrock.

„Mia, wenn du gleich auf den Altar zugehst, sollten wir Bryan daran erinnern zu atmen. Du siehst wunderschön aus." Mia sah ihre kleine Schwester an, der Tränen in den Augen standen, die sie nur schwer zurück halten konnte.

„Wehe du heulst Krümel, dann muss ich

mitmachen und mein Make up ist zum Teufel." Beide mussten herzhaft und aufgeregt lachen.

„Untersteh dich, ich habe mir solche Mühe gegeben." Vorsichtig tupfte sie ihre Augen trocken.

„Bist du bereit?"

Mia nickte. „Wie noch nie zuvor."

Angel ging voran um bescheid zu geben, dass sie soweit wären. Musik ertönte und sie nahm ihren Platz gegenüber von Zane ein. Selbst während die Braut sich näherte, ließ er Angel nicht einen Augenblick aus den Augen. Bryan und Mia hatten sich für eigene Schwüre entschieden. Hier und da hörte man ein Schniefen und Nase schnäuzen und auch Angel hatte ihre Not sich zusammen zu reißen. Am Ende der Zeremonie verließ zuerst das Brautpaar die Kirche, wohl wissend das davor etliche Security Männer standen und doppelt so viele Journalisten. Angel und Zane hielten sich mit bedacht weiter zurück. Sie würden die Kirche erst verlassen, wenn das Brautpaar zusammen mit den Brauteltern in der Limousine saß und auf dem Weg zu den privaten Feierlichkeiten war.

„Wir können immer noch zur Hintertür

raus. Bill Masters, mein Sicherheitschef, wartet dort vorsichtshalber." Zane zog Angel fester in seine Arme und küsste sanft ihre Wange.

„Nein. Kein Versteckspiel mehr. Ich gehöre zu dir und es wird Zeit, dass es auch alle wissen."

Ein Teil der Fotografen war schon gegangen, sie hatten das was sie wollten, denn niemand rechnete noch mit Zane Dawson. Kurz nachdem sie die Kirche verlassen hatten, kamen sie gerade noch bis zum ersten Treppenabsatz, da trafen auch schon die ersten Blitzlichtgewitter auf sie ein.

„Mister Dawson, stellen sie uns doch bitte ihre Begleitung vor."

„Mister Dawson ist das die neue Frau an ihrer Seite?"

„Miss, verraten sie uns ihren Namen? Wie stehen sie zu Zane Dawson?"

Zu viele Fragen auf einmal, für Angel ergab alles nur noch ein reines Stimmengemurmel. Bis sie die Stimme des Mannes vernahm, dem ihr Herz gehörte.

„Miss Angel Donovan ist die Schwester der Braut und wir sind seit einiger Zeit miteinander liiert. Ja sie ist die Frau die mein Herz erobern konnte."

Zane war souverän und freundlich. Schenkte jedem ein strahlendes lächeln, während er Angel dicht zu sich zog und sie beruhigend mit dem Daumen streichelte. Samuel und ein weiterer Wachmann, den Angel noch nicht kannte, wichen nicht von ihrer Seite. Sie wünschte, sie könnte ebenso locker mit der Situation umgehen wie ihr Liebster. Sie lächelte tapfer für die Kameras, versuchte entspannt zu wirken, doch in Wirklichkeit wäre sie am liebsten in den Wagen gesprungen und davon gesaust. Die Fragen schienen kein Ende zu nehmen, auf manche antworteten sie, andere wurden ignoriert.

Nach einer gefühlten Ewigkeit sagte Zane: „ Und jetzt entschuldigen sie uns bitte, wir würden gern dem Brautpaar folgen." Dann dirigierte Zane sie schließlich sanft Richtung Auto und Sam sorgte dafür, dass sie ungehindert einsteigen konnten. Dann nahmen er und der andere Wachmann vorne platz und fuhren davon.

„Das lief doch ziemlich gut, oder?" Zane ließ die Trennscheibe zu beiden Männern vorne im Wagen hochfahren, nahm ihre Hand und hob sie an seine Lippen.

„Ja das find ich auch. Jede Frau in New York wird morgen wissen, dass du nicht mehr zu haben bist, sondern mir gehörst." Sie grinste ihn breit an, woraufhin er sie auf seinen Schoß zog.

„Genau so ist es. Ich habe mir da noch etwas für uns einfallen lassen."

„Für uns?"

„Sagen wir mal, zum größten Teil für dich. Bist du bereit ein wenig mit mir zu spielen? Sagen wir als kleine Ablenkung."

Angel sah ihn fragend an und nickte leicht. Egal was er vor hatte, sie vertraute ihm und diesem eindringlichen Blick konnte sie bisher sowieso so gut wie nie widerstehen. Außerdem wusste sie, das Zane nie etwas tun würde was sie nicht wollte. Er zog ein kleines Kästchen hervor und sah sie an. Angel öffnete es und wusste nicht genau was sie sah. In dem Kästchen befanden sich zwei Gegenstände, eines flach und rund, komplett in schwarz mit einem silbernen Boden. Das andere nahm sie heraus und musste lachen, es sah aus wie eine kleine Rakete, oder auch ein Riesenzäpfchen, oben schwarz aus einer Art Gummi oder Silikon und das untere Ende ebenfalls silbern mit einem Bändchen daran.

„Was ist das?" Zane nahm das andere

Teil in die Hand, drückte darauf herum, woraufhin es an drei kleinen Punkten aufleuchtete und die Minirakete in ihrer Hand fing an zu vibrieren.

„Damit halte ich heute deine Lust wortwörtlich in Händen. Wann immer du es spürst wirst du wissen was ich meine." Seine Augen nahmen ein dunkleres blau an. Er legte seinen Mund auf ihren, seine Zunge schob sich zwischen ihre Lippen hindurch, während er ihr die kleine Rakete aus der Hand nahm. Das Kästchen viel zu Boden als Zane sie auf die Rückbank legte. Mit seiner freien Hand liebkoste er ihre Brust und ließ dann seinen Mund folgen. Seine Hand glitt über ihre Hüfte bis zu ihrer Mitte, entfachte das Verlangen in ihr, rieb mit dem Daumen über ihre Klitoris. Dann ließ er seine Hand unter ihren Slip gleiten und nahm seine süße Folter wieder auf, was ihr ein Stöhnen entlockte. Mit einem Finger drang er in sie ein, spürte wie feucht, wie bereit sie für ihn war.

„Du machst es mir wirklich nicht leicht mich zurückzuhalten", stöhnte er in ihr Ohr. Dann nahm er die kleine Rakete und führte sie ihr ein. Angel brauchte einen Moment sich an den Gegenstand zu gewöhnen, bis sie ihn jedoch nicht einmal mehr spürte. Langsam und noch immer schwer atmend, erhoben sie sich wieder, gleich würden sie am Anwesen der Familie Gellar vorfahren.

„Spürst du es noch?"

„Nein, im Moment ni … " Und schon vibrierte es in ihr und sie musste kurz nach Luft schnappen, es war kein unangenehmes Gefühl, ganz im Gegenteil. Als sie zu dem Mann den sie liebte aufblickte, hatte dieser ein freches Grinsen im Gesicht.

„Jetzt weiß ich was du vorhin gemeint hast."

Das Essen war köstlich und die Torte ein vierstöckiges Meisterwerk. Alle amüsierten sich hervorragend und Dank des Sicherheitspersonals, ohne unangenehme Störungen. Das kleine Spielzeug in ihrem Inneren hatte sie schon beinahe vergessen. Ein Cousin von Bryan bat um den nächsten Tanz, Angel folgte ihm zur Tanzfläche, während Zane sich weiter angeregt mit zwei Männern unterhielt, seine Hand in der Hosentasche. Mitten im Tanz spürte sie es. Das leichte vibrieren hatte sie dermaßen überrascht, sodass sie kurzzeitig aus dem Takt geriet. Nachdem sie sich wieder im Griff hatte, sah sie zu Zane hinüber der sie mit Argusaugen beobachtete. Scheinbar eine

Erinnerung daran, zu wem sie gehörte.

Als könnte ich das vergessen.

Das Vibrieren hörte wieder auf, doch ihre Lust auf den Mann, den sie liebte, blieb.

In der nächsten Stunde wurde es schier unmöglich für Angel sich zu konzentrieren. Weitere dreimal reizte Zane sie mit dem leichten Vibrieren in ihrem Inneren. Besonders wenn sie in seinen Armen lag, wie beim Tanzen, konnte sie kaum dem Drang widerstehen, ihn nicht auf der Stelle zu vernaschen. Als sie glaubte es nicht mehr aushalten zu können, zog er sie von der Gesellschaft weg in Richtung eines kleinen Waldes in der Nähe, bedacht darauf, dass ihnen niemand nachsah.

„Was hast du jetzt vor?"

„Dich von deinem kleinen Spielzeug befreien."

„Ich glaube nicht das es Ausreicht mich nur davon zu befreien. Ich verliere langsam den Verstand."

„Ich weiß." Er grinste sie schelmisch wie ein kleiner Junge an, selbst so atemlos wie auch sie es war. Sobald er sich sicher gewesen war, dass sie niemand mehr

153

sehen konnte, presste er sie gegen den dicken Stamm einer alten Eiche und verschloss ihren Mund mit seinem. Die scharfen Borken der Rinde schrammten an ihrem Rücken, doch alles was Angel wahrnahm war das Vibrieren des Spielzeugs, seine Lippen und Hände die begonnen hatten ihren Körper zu erkunden. Er schob langsam ihr Kleid nach oben, während seine Zunge ihre Lippen öffnete. Das Vibrieren hörte auf und vorsichtig zog er die kleine Rakete wieder heraus. Zane stöhnte auf als er spürte wie feucht sie war. Sie öffnete seine Hose, befreite sein steifes Glied von der Enge und strich mit ihrer Hand darüber, was ihm ein erneutes Stöhnen entlockte. Er nahm sie hoch und Angel schlang ihre Beine um seine Hüften. Mit einer einzigen schnellen Bewegung drang er in sie ein. Ihr entfuhr ein leiser Schrei, nicht vor Schmerz, sondern durch das wunderbare Gefühl der Erlösung.

Er war verrückt nach ihr, liebte das Gefühl vollkommen in ihr zu versinken, liebte ihr lustvolles Stöhnen. Bei ihr konnte er sich fallen lassen, musste nicht nachdenken, konnte genießen was sie miteinander hatten. Nie wollte er diese Frau wieder gehen lassen. Seine Bewegungen beschleunigten sich, Angel krallte sich in seinen Rücken, presste ihren Körper an den seinen und ihre Herzschläge schienen sich zu vereinen. Die Wärme und Formen ihres Körpers raubten ihm den Verstand. Ihre Muskeln zogen sich zusammen, pressten ihn fest, so das auch er seinen Höhepunkt erreichte. Seine Beine gaben nach, er ließ sich auf den Boden sinken ohne sie aus seinen Armen zu entlassen. Noch eine Weile nachdem sich ihre Herzen bereits beruhigt hatten, blieben sie so sitzen. Küssten und streichelten sich, ehe sie sich wieder auf den Rückweg machten.

14. Neuigkeiten

Der Hochsommer war längst vorüber und der Herbst stand vor der Tür. Doch das wechselhafte Wetter konnte der guten Laune von Zane und Angel nichts anhaben. Sie hatten vor einiger Zeit sogar ihren ersten, längeren Urlaub von zehn Tagen in der Karibik miteinander verbracht. Es war einfach traumhaft. Sie waren fast nur unter sich. Das Wetter war die ganze Zeit über fantastisch und dieses wunderschöne türkis des Meeres direkt vor der Tür, lud geradezu ein jeden Tag schwimmen zu gehen. Sie waren sogar tauchen und Zane brachte ihr das Jetski fahren bei. Mit dem Jetski, hatte man das Gefühl, über das Wasser zu fliegen. Der Wind, vermischt mit den salzigen Wassertropfen des Meeres, schlugen Angel ins Gesicht und sie empfand es als puren Genuss. Sie fühlte sich unendlich frei und sorglos.

Auch die Unterwasserwelt mit all den bunten Fischen und unzähligen, atemberaubenden Pflanzen, hatten ihren Reiz.

Doch am liebsten war Angel mit Zane zusammen am Strand. Es war, als würde außer ihnen niemand existieren.

Am vorletzten Abend entführte Zane sie zu einem Mondschein-Picknick. Das Meer wirkte beinahe schwarz, die Gischt, der heranrollenden Wellen, wirkte im Mondlicht magisch.

„Wie fändest du ein mitternächtliches Bad im Meer?" Zane sah Angel herausfordernd an.

„Ohne Badesachen, nehme ich an."

„Das war der Plan."

Er grinste anzüglich und Angel wusste genau, was in seinem hübschen Kopf vor sich ging. „Dann musst du mich erst einmal kriegen." Kichernd sprang Angel auf und lief, so schnell sie konnte, durch den feuchten Sand, vor Zane davon. Sie hörte ihn noch etwas sagen, doch was genau hatte sie nicht verstanden.

Zane mochte es, wenn Angel mit ihm spielte, ihn heraus forderte. Er sprang ebenfalls auf und lief ihr nach. Für ihn war es ein leichtes sie einzuholen. Als er sie erreicht hatte, packte er Angel bei der Hüfte und ließ sich mit ihr in den weichen Sand fallen. „Hab ich dich. Mir wirst du nicht mehr entkommen."

Außer Atem sah Angel ihm in seine

Augen, die so dunkel waren wie das Meer. „Ich gehöre dir, mit Leib und Seele", sagte sie und mit einem rauschen überrollte sie eine kleine Welle. Nass waren sie dann schon einmal. Schwimmen wollte Angel allerdings nicht gehen, was sie wollte war Zane. Mit aller Kraft rollte sie sich mit Zane herum, sodass sie auf ihm saß. Das Wasser ließ ihr weißes Kleid durchsichtig wirken und ihre harten Knospen waren durch den dünnen Stoff deutlich zu erkennen.

Hungrig nach ihrem Körper, ließ Zane den Blick langsam über sie wandern. Folgte mit den Händen ihre Beine aufwärts. Als er ihre Hüfte erreicht hatte, nahm sie seine Hände in ihre und legte sie neben seinem Kopf ab. Ihr Gesicht schwebte nur wenige Zentimeter über seinem, doch er erreichte ihre Lippen nicht. Langsam bewegte sie sich auf ihm, ohne seinen Blick zu verlieren, rieb sie über sein steifes Glied. Dann endlich legte Angel ihre Lippen auf seine, immer leidenschaftlicher wurde dieser Kuss. Als sie leise stöhnte, löste sie sich wieder von ihm, ließ seine Hände los und begann langsam sein Hemd zu öffnen. Er genoss es, ihr die Führung zu überlassen und ließ seine Hände neben dem Kopf liegen. Nachdem sie sein Hemd komplett geöffnet hatte, rutschte sie etwas an ihm hinab und begann seine Brust und seinen Bauch mit hauchzarten Küssen zu bedecken. Ihre Lippen auf seiner nackten Haut erregten ihn zutiefst und als sie ihm spielerisch in die Brustwarze biss, stöhnte er auf. Es war als würde ein Stromschlag durch ihn fahren, direkt bis in seine Lenden. Es fiel ihm unendlich schwer, den Spieß nicht einfach umzudrehen und ihren Körper zu liebkosen. Angel richtete sich auf, folgte mit den Fingerspitzen den feinen Härchen von seinem Nabel bis zum Bund der Hose. Zane hob sein Becken, um ihr zu helfen ihm die Hose auszuziehen. Sie verteilte Küsse auf seinen Oberschenkeln, küsste die Spitze seiner Männlichkeit und ließ ihre Zunge darüber gleiten. Wenn sie ihn verrückt vor Verlangen machen wollte, so gelang es ihr. Zane bohrte seine Finger in den Sand, um dem Impuls zu widerstehen, Angel das Kleid vom Leib zu reißen. Als sie sich erneut auf ihn setzte, konnte er ihre bloße Scham auf seinem Glied spüren. Er wollte in ihr sein und zwar sofort, bewegte sein Becken und erzeugte so eine wunderbare Reibung zwischen ihnen. Hastig streifte Angel sich ihr Kleid über den Kopf und er genoss den Anblick ihres nackten Körpers im Mondschein.

Dann beugte sie sich vor und küsste ihn

Leidenschaftlich, während sie mit einer Hand sein Glied umschloss und sich langsam auf ihn herab ließ, bis er vollständig in ihr versank. Zane setzte sich auf und küsste Angel stürmisch. Sie bewegte ihr Becken weiter auf und ab, mit jedem Stoß konnte sie spüren, wie er sie ausfüllte, die herrliche Reibung die sie fast um den Verstand brachte. Er lehnte sich zurück, legte seine Hände auf ihre Hüften und steuerte ihre Bewegungen, stieß von unten tief in sie hinein. Als Angel spüren konnte, wie der erlösende Höhepunkt nahte, wurden ihre Bewegungen schneller und stürmischer. Sie wollte nicht zögern, sie wollte es genau jetzt. Angel schrie die Erlösung nahezu heraus und nur wenige Augenblicke später, kam auch Zane. Erschöpft ließ sie ihren Kopf auf seine Brust sinken.

Am Tag der Abreise waren sie Beide sehr schweigsam. Zane nahm Angel, nachdem sie gepackt hatten, in den Arm. „Ich wünschte, ich könnte dich immer so fest halten."

„Das kannst du doch in New York auch noch."

„Ja, das schon, aber nicht den ganzen Tag. Und dort muss ich dich auch wieder teilen."

Angel wusste was er meinte. Der Alltag ließ ihnen nicht viel Raum für Zweisamkeit und sein Bekanntheitsgrad noch weniger Privatsphäre.

Beide hatten sich gewünscht, für immer dort bleiben zu können. Doch die stickige Hitze von New York, hatte sie schnell wieder.

Draußen regnete es in Strömen. Angel saß im Vorzimmer von Dr. Stevens Praxis und wartete auf Alec. Seit einiger Zeit besuchte er sie nur noch einmal pro Woche und Angel fuhr ihn noch immer dort hin, unternahm anschließend etwas mit ihm und brachte ihn pünktlich bis 21.00 Uhr zurück ins Heim.

Alec, dem der Regen sonst eigentlich nichts ausmachte und Angel sogar klitschnass durch die Straßen zog, hatte an diesem Abend eher Lust auf etwas Gemütliches.

„Einfach nur faulenzen", hatte er zu Angel gesagt.

Geplant war, den Abend bei Angel zu verbringen, doch Zane hatte sie am frühen Nachmittag angerufen und gesagt sie sollten zu ihm kommen. Er versprach auch nicht zu stören, alles was er wollte war Angel in seiner Nähe zu wissen. Irgendetwas an seiner Stimme und die Art wie er mit ihr sprach beunruhigten sie, also stimmte sie zu. Alec war begeistert, er war wahnsinnig neugierig wie Zane wohl so lebte. Ein paar Mal waren sich die beiden schon begegnet und Alec mochte ihn. Davon abgesehen verbrachte Angel mehr Zeit bei ihm als bei sich zu Hause.

Auf dem Weg zum Penthouse besorgten Alec und Angel die Filme und Pizza. So konnte der gemütliche Teil des Abends beginnen. Zane war bereits zu Hause und erwartete die beiden.

„Hey Zane. Isst du mit uns zusammen und schaust dir ein paar Filme an?"

„Hallo Alec. Das Angebot mit dem Essen nehme ich gern an, aber dann lass ich euch zwei allein. Ich muss noch ein wenig was erledigen." Er begrüßte Angel mit einem langen Kuss und Alec schaute verlegen zur Seite. Sie machten es sich alle auf dem Fußboden vor dem Fernseher bequem und aßen dort ihre Pizzen. Angel beobachtete ihren Liebsten genau. Etwas stimmte ganz und gar nicht, er war recht schweigsam, alberte nicht einmal mit Alec, wie er es sonst tat und aß auch nur sehr wenig. Immer dann, wenn er ihren Blick auffing, lächelte er ihr zu. Doch diesem Lächeln fehlte das übliche Strahlen und es erreichte auch nicht seine Augen. Nach dem Essen wünschte er beiden noch viel Spaß und ging in sein Büro.

„Alles okay mit Zane?" Alec sah Angel beunruhigt an, auch ihm war sein Verhalten nicht entgangen. "Stört es ihn vielleicht das ich hier bin?"

„Was? Aber nein, auf keinen Fall. Außerdem war es seine Idee hierher zu kommen. Ich denke er hatte einfach nur einen harten Tag." Alec nickte und konzentrierte sich wieder auf den Film.

Sie sahen sich Man of Steel und eine Komödie mit Jim Carry an. Anschließend brachte Samuel Alec zurück in das Heim von *We for you*. Angel räumte rasch auf, sprang unter die Dusche und schlich im Bademantel zu Zane ins Büro.

Er saß in Gedanken versunken mit dem Blick aus dem Fenster in seinem Bürostuhl. Er bemerkte nicht einmal, dass Angel herein gekommen war.

„Was ist los Zane? Ist alles in Ordnung?" Ihre Stimme war sanft und sie legte von hinten ihre Arme um ihn. Zane war so abwesend, das er vor Schreck sogar zusammen zuckte. Dann zog er sie auf seinen Schoß.

„Nicht wirklich. Ich muss dir etwas sagen, aber ich weiß nicht wie ich das anstellen soll ohne dich zu verlieren." Er klang rau und belegt und sah ihr traurig in die grünen Augen. Zane hatte Angst davor wie sie reagieren würde, aber er hoffte, sie könne mit der neuen Situation umgehen.

„Wie kommst du darauf, du könntest mich verlieren? Also los, sprich."

„Ich hatte heute Mittag Besuch und habe etwas erfahren, dass alles ändern könnte. Ich glaube zwar nicht das es wahr ist, aber wenn doch … "

„Denkst du ich könnte nicht damit umgehen." Beendete sie seinen Satz. Er senkte den Kopf und nickte leicht, zog sie zeitgleich noch näher an sich, so als könne sie jeden Moment aufspringen und verschwinden.

„Ja vielleicht."

„Was ist es Zane? Früher oder später sagst du es doch, also warum nicht gleich? Egal was es ist, ich liebe dich und ich habe nicht vor, dich noch einmal zu verlassen. Das erste Mal hat mich schon fast umgebracht." Sie strich mit der Hand durch sein Haar und hauchte einen Kuss auf seine Wangen.

„Mein Besuch... Ihr Name ist Chloe Dupre´. Wir haben vor langer Zeit einmal ein Wochenende miteinander verbracht. Sie wollte mehr, ich aber nicht."

„Das ist nicht alles oder?" Ihr Magen verkrampfte sich, sie mochte die Vorstellung von Zane und einer anderen Frau nicht und sie war sich nicht mehr sicher ob sie noch hören wollte, was er ihr zu sagen hatte. Zane sah sie an und schüttelte den Kopf.

„Sie ist im achten Monat schwanger und sagt es ist von mir." Er sprach es so schnell aus, als würden ihm die Worte seine Zunge verbrennen. Angel wurde es plötzlich spei übel. „Angel ich glaube nicht, dass es von mir ist. Ich habe immer aufgepasst. Genau wissen wir es erst, wenn das Kind da ist und falls es doch so ist..."

„Falls es doch deins ist, wirst du dich um beide kümmern", beendete sie erneut seinen Satz, jedoch kaum mehr als ein Flüstern.

„Finanziell ja."

„Zane es ist dein Kind, nur mit finanzieller Unterstützung würdest du dich nicht zufrieden geben. Sie kann dir somit das bieten was ich nicht kann."

„Angel nein. Bitte fang nicht so an,

genau davor habe ich mich gefürchtet." Seine Augen wurden feucht und so verzweifelt hatte sie ihn noch nie erlebt. Sie nahm ihn fest in die Arme und vergrub ihr Gesicht an seiner Halsbeuge.

„Ich werde nicht gehen. Das sagte ich doch schon."

„Warum sagst du dann so etwas?" Angel schwieg und er spürte wie ein kleiner Tropfen an seinem Hals hinab kullerte. Er schob sie ein Stück zurück, nahm ihr Gesicht in beide Hände und wischte mit den Daumen ihre Tränen fort.

„Ich werde auch nicht gehen Angel."

„Noch nicht."

Zane schüttelte energisch den Kopf. „Niemals. Du bist die Frau die ich liebe und niemand sonst. Wir schaffen das schon, aber du musst mir vertrauen." Angel nickte und Zane zog sie an sich heran. Nie würde er sie gehen lassen oder verlassen können.

Die folgende Woche verlief recht unruhig. Immer wieder rief Chloe bei Zane an, hauptsächlich Abends, da sie wie sie sagte ihn nicht während der Arbeit stören wollte. Diese Gespräche dauerten auch nur selten weniger als eine Stunde.

Danach war Zane oft müde und ausgelaugt.

Angel sagte dazu nichts und fragte auch nicht worüber sie sprachen, sie vertraute ihm. Doch ihn so zu sehen schmerzte, jedes Mal zog sich ihr Herz in der Brust zusammen.

An einem Samstag wollten sie sich einen besonderen Abend machen und zusammen ausgehen. Zane wollte endlich wieder Zeit mit Angel verbringen und stellte auch sein Telefon ab. An dem Abend wollte er nichts von Chloe hören, wollte sich nicht um ihre Ängste und Sorgen kümmern, sondern nur um die von Angel. Auch wenn das von ihm egoistisch erscheinen mochte. Dieses eine Wochenende hatte er vor ganz für die Frau da zu sein die er liebte.

Hoffentlich hat dieser Alptraum bald ein Ende.

Zane führte Angel in ein gemütliches italienisches Restaurant aus. Die Atmosphäre, das Ambiente und sogar die Musik waren sehr romantisch. Wenn man irgendwo dem stressigen Alltag entfliehen wollte dann eben genau dort. Auch wenn beide nicht besonders viel aßen, war das

Essen dennoch köstlich gewesen. Sie freuten sich ganz besonders auf den Nachtisch. Zane hatte dafür gesorgt, dass es genau das Richtige sein würde. Welcher Italiener bietet denn auch schon Creme Brulee an? Doch noch bevor das süße und erinnerungsvolle Dessert serviert werden konnte, stand auf einmal eine etwa 30-jährige hübsche Frau neben ihrem Tisch. Wo der Abend bis dahin sehr angenehm war und beide sich wieder entspannen konnten, war er binnen weniger Sekunden zu einem kleinen Desaster geworden. Zane verspannte sich zusehends.

„Hallo Zane. Miss Donovan, richtig?" Sie strahlte beide fröhlich an und anhand des runden Bauches den sie vor sich her trug, wusste Angel auch sofort wer da vor ihr stand. Zane erhob sich langsam und begrüßte sie.

„Chloe, was für eine Überraschung."

„Ja ich hatte Lust auf Pasta, na ja und das ist der beste Laden den ich kenne."

„Ja das ist wahr. Ähm Angel das ist Chloe Dupre´."

„Hallo." Angel versuchte ihr ein Lächeln entgegen zu bringen, obwohl ihr das recht schwer viel.

„Chloe, das ist Angel Donovan."

„Hallo, Zane hat schon von ihnen gesprochen."

Die Situation war für alle ein wenig unangenehm, außer scheinbar für Chloe. Zane verabschiedete sich bereits wieder von Chloe, um auf die Toilette zu verschwinden und anschließend direkt zu zahlen.

Chloe jedoch blieb noch einen Moment bei Angel am Tisch stehen.

„Kann ich noch etwas für sie tun Miss Dupre´?"

Chloe setzte ein falsches Lächeln auf. "Ja das können sie allerdings. Scheinbar ist Zane ja jetzt zu einer festen Beziehung bereit."

„Bitte?"

„Lassen sie die Finger von ihm, er gehört ihnen nicht."

Angel blieb der Mund offen stehen. „Ich glaube nicht, dass sie das irgendetwas angeht und es ist seine Entscheidung."

Die Augen von Chloe verdunkelten sich und auch das Lächeln verschwand. „Und er wird sich für mich entscheiden. Sie werden schon sehen. Denn bis zum Vaterschaftstest habe ich sie beide schon längst voneinander entfremdet und seine Bindung zum Kind gestärkt." Damit drehte sie sich um und verließ das Restaurant. Angel blieb eingeschüchtert und schockiert zurück. Als Zane neben sie trat war sie weiß wie eine Wand.

„Angel ist alles in Ordnung? Geht es dir gut?" Er musterte sie besorgt. Angel nickte nur leicht.

„Ich weiß das gerade war nicht leicht für dich."

„Lass uns nach Hause fahren ja." Wahrscheinlich hätte sie nicht so schnell aufstehen sollen, denn kaum war sie auf den Füßen wurde ihr auch schon schwarz vor Augen und sie geriet ins Schwanken. Zane legte rasch seine Arme um sie und nahm sie hoch.

„Es geht schon wieder, mir war nur ein Moment etwas schwindelig. Ich kann laufen."

„Nichts da, ich bringe dich zum Wagen. Es war wohl alles ein wenig viel."

Die ganze Fahrt über hielt er sie fest in den Armen, wollte ihr das Gefühl von Sicherheit geben. Angel überlegte die ganze Zeit, wie sie ihm sagen sollte was Chloe ihr an den Kopf geworfen hatte. Doch ihr Hirn hatte sich scheinbar auf Stand by gestellt, denn sie konnte keinen zusammenhängenden Gedanken hervor bringen. Die Nacht war lang und schien nicht vorbeigehen zu wollen. Angel konnte kaum schlafen, immer wieder kreisten ihre Gedanken zum Abend zurück.

Wie konnte er so schön beginnen und so schrecklich enden?

Beim Frühstück raffte sie sich dazu auf mit Zane zu reden, sie brachte sowieso keinen Bissen herunter vor lauter Übelkeit. Scheinbar legte sich der ganze Stress auf ihren Magen. Sie stocherte in ihrem Rührei herum.

„Ich glaube nicht, dass es dein Kind ist."

Zane blickte überrascht auf und zog eine Augenbraue nach oben. „Wie kommst du jetzt darauf?"

„Es ist wegen dem, was sie gestern zu mir gesagt hat als du weg warst. Es klang merkwürdig."

„Inwiefern?" Zane konnte ihr nicht recht folgen, doch er sah ihr an, dass ihr dieses Gespräch nicht leicht fiel und das bekümmerte ihn.

„Zane ich weiß auch nicht. Sie meinte du könntest dich noch bis zum Vaterschaftstest für sie entscheiden."

Zane sprang plötzlich auf und zog sie zu sich hoch. Dann sah er ihr fest und voller Liebe in die Augen. "Das wird nie passieren. Weder vor, noch nach dem Test. Ich liebe DICH."

Die kommende Woche war etwas ruhiger. Zane und Angel konnten auch wieder ein paar Abende zu zweit verbringen. Angel sprach nicht noch einmal über den Vorfall im Restaurant, auch nicht mit Mia. Sie wollte das einfach alles langsam vergessen. Doch sie hatten sich zu früh gefreut. Die Anrufe begannen wieder. Zane sagte, Chloe habe Angst da die Vorwehen immer häufiger auftraten. Sie wollte nicht allein sein wenn das Baby kommt, doch alles was Zane ihr geben wollte und konnte waren lediglich tröstende Worte am Telefon.

15. Ein alter Bekannter

Am Freitag nach der Therapie, ging Angel mit Alec ins Kino. Die Zeit mit ihm lenkte sie wenigstens ab. Zane bekam sie kaum zu Gesicht, entweder er war arbeiten oder am Telefon.

„Erde an Angel, bist du gelandet?"

„Was? Ja … Hey, nicht so frech." Angel wuschelte durch das schwarze Haar von Alec. Er hat recht, sie war in letzter Zeit wirklich recht abwesend und nachdenklich.

„Ich hatte gefragt, ob wir noch was essen wollen. 45 Minuten hab ich noch, ehe ich zurück muss."

„Ja klar. Hast du Lust auf was bestimmtes?"

„Jep, Burger und Fritten. Heute lade ich dich mal ein." Er strahlte sie über das ganze Gesicht an und Angel musste unwillkürlich grinsen. „Na das ist mal ein Angebot."

Am Burgerladen angekommen wollte Alec, dass Angel schon mal einen Platz suchte und er wollte sich um das Essen kümmern. Sie hatte gerade erst platz genommen, als ihr jemand die Hand auf die Schulter legte. Angel fuhr erschrocken herum.

„Kevin. Hast du mich erschreckt. Hallo. Was machst du denn hier?" Kevin Jackson war ihr Ex. Vor drei Jahren hatten sie sich nach einer elfmonatigen Beziehung getrennt. Sie waren am Ende einfach zu verschieden gewesen. Und davon abgesehen, hatte sein Seitensprung mit ihrer besten Freundin den ausschlaggebenden Punkt gegeben. Sie trennten sich trotz allem freundschaftlich voneinander, immerhin hatten sie eine lange Zeit zusammen verbracht. Er wollte sie halten, doch er sah auch irgendwann ein, dass es keinen Zweck hatte sie überreden zu wollen und ihr weiter nachzulaufen.

„Hallo Angel. Ich bin beruflich in der Stadt. Ich dachte auch erst ich sehe nicht richtig, als du rein gekommen warst. Ein schöner Zufall find ich. Wie geht es dir?"

„Ganz gut eigentlich. Und dir?"

In dem Augenblick kam Alec auch schon mit dem Essen. Kevin ging kurz zu seinem Tisch und kam dann wieder auf sie zu, mit einem Zettel in der Hand.

„Hier, ruf doch mal an, vielleicht können wir uns auf einen Kaffee treffen."

Angel nickte ihm zu und wandte sich dann wieder zu Alec.

„Wer war das?"

„Du bist ziemlich neugierig Alec Bouwer!" Sie lachte kurz ehe sie weiter sprach: "Ein alter Freund aus San Francisco." Der Junge biss in seinen Burger, damit war die Sache für ihn auch schon abgehakt.

Auf der Fahrt zurück zum Heim musterte er immer wieder ihr Gesicht. Angel war das nicht entgangen, als sie es nicht mehr aushielt, fragte sie: „Was ist los?"

„Geht es dir gut?"

„Sicher. Warum fragst du?"

„Du hast kaum etwas gegessen, siehst müde aus und bist ständig abwesend."

Alec konnte unmöglich erst fünfzehn sein, er ist viel zu scharfsinnig. Angel hielt vor der Tür und drehte sich zu Alec um.

„Es ist in letzter Zeit nur sehr stressig, das gibt sich wieder. Du musst dir keine Sorgen machen."

„Okay. Aber wir sind Freunde oder?"

„Ja das sind wir."

„Und wirst du auch mit mir reden? Ich meine ... ich verstehe mehr als die meisten glauben." Angel nahm Alec in den Arm.

„Danke." Mehr brauchte sie nicht zu sagen.

Als Angel im Penthouse ankam, war Zane nicht zu Hause. Bisher kam das noch nie vor und sie fühlte sich auf einmal verloren und fremd in der großen Wohnung. Als sie ihr Telefon aus der Tasche nahm, befand sich eine Nachricht darauf.

[*Hallo Traumfrau. Es tut mir leid, doch heute wird es spät werden. Ich hoffe du und Alec hattet einen schönen Abend. Bis später. Ich liebe dich. Zane*]

Angel ging unter die Dusche, schlüpfte in das große leere Bett und schlief sofort ein.

Angel wachte auf, als ihr jemand immer wieder zarte Küsse auf den Nacken hauchte.

„Guten Morgen." Zane saß neben ihr auf der Bettkante, die Haare noch feucht vom duschen und sah sie liebevoll an. Die Sonne stand bereits hoch am Himmel und erhellte das gesamte Schlafzimmer durch das bodenhohe Fenster. Sie konnte kaum die Augen richtig öffnen.

„Wie spät ist es?", fragte Angel noch ganz verschlafen und kaum mehr als ein Flüstern.

„Es ist gleich 11 Uhr. Du hast so fest geschlafen, als ich heim gekommen bin." Er strich ihr sanft eine Strähne aus dem Gesicht. „Komm, du musst etwas essen. Ich habe Frühstück gemacht."

„Mir ist gar nicht nach essen. Ich denke, ich habe von gestern Abend noch genug. Alec hat mich eingeladen." Bei dem Gedanken daran musste sie lächeln.

„Wie süß von ihm. Wie geht es Alec?"

„Ganz gut soweit. Nur, er macht sich Sorgen."

Zane musste gar nicht lange raten, denn auch für ihn lag es auf der Hand. Ihm ging es ebenso. „Um dich?"

Angel nickte.

„Da versteh ich ihn."

„Es ist alles gut und wenn du bei mir bist, erst recht." Sie lächelte ihm zu, setzte sich auf und legte ihre Arme um ihn. Ihr Gesicht ruhte an seiner nackten Brust und sie zog tief den Duft seiner Haut, gemischt mit Duschgel, ein.

Erstaunlicherweise kam der Appetit am Frühstückstisch, nur vor dem Ei rümpfte sie die Nase. Der Geruch allein verursachte Übelkeit in ihr. Zane, dem ihr Gesichtsausdruck nicht entgangen war fragte: „Stimmt was nicht?"

„Das Ei, ich glaube mir wird schlecht davon."

Zane stand auf und räumte das Rührei weg. „Besser?"

„Ja, danke. Wann bist du gestern überhaupt gekommen? Ich habe wirklich überhaupt nichts mehr mitbekommen."

Zane zögerte mit einer Antwort. Er musste mehr dazu sagen, doch hatte er Angst vor ihrer Reaktion. „Ich war gegen Mitternacht hier. Angel ich … Chloe hat gestern Abend entbunden und ich war im Krankenhaus."

Angel sah ihn zwei Sekunden lang mit großen Augen an, sprang auf und rannte Richtung Badezimmer. Die Pancakes die sie gegessen hatte, traten den Rückweg an.

Zane lief ihr nach. Ihm tat das alles so schrecklich leid. Er wollte nicht das sie sich seinetwegen so schlecht fühlte. Er ließ sich neben ihr auf die Knie fallen und hielt ihre Haare zurück. Er wusste nicht was er sagen sollte, damit es ihr besser ging.

„Angel es tut mir so leid. Bitte, was

kann ich tun?" Sie schüttelte den Kopf und übergab sich erneut. Als sie meinte ihr Magen wäre wieder komplett leer, erhob sie sich langsam und Zane stützte sie. Angel kam ihm in diesem Moment so zerbrechlich vor, geknickt und schwach wie sie auf dem Wannenrand saß. Er nahm ihren Zahnputzbecher, füllte kaltes Wasser ein und gab ihn ihr. Sie flüsterte ein leises: „Danke." Dann spülte sie ihren Mund aus und setzte sich wieder. Die ganze Zeit über wich Zane nicht von Angels Seite. Doch diese sah ihn noch immer nicht an.

„Bist du dabei gewesen?"

Zuerst wusste Zane nicht was sie damit meinte, doch dann dämmerte es ihm, er konnte den Schmerz in ihrer Stimme hören. Es hätte nicht schlimmer sein können, wenn er sie betrogen hätte. Doch irgendwie fühlte es sich genau so für ihn an. Als hätte er die Frau, die er über alles liebte, belogen und betrogen. Als er ihr schließlich antwortete, war seine Stimme rau und zärtlich. „Nein, natürlich nicht. Sie rief gegen 16.00 Uhr an, dass sie im Krankenhaus ist. Sie hatte Angst und wollte nicht allein sein. Ich bin nach Feierabend dorthin gefahren, aber ich war nur ganz kurz bei ihr. Ich ließ mir das

Einverständnis für den Vaterschaftstest geben. Nur deswegen bin ich dort geblieben." Zane war verzweifelt, er kniete vor ihr, mit feuchten Augen.

„Warum hast du es mir dann nicht gesagt?" Angel liefen ebenfalls die Tränen über die Wangen. Er hatte ihr nicht genug vertraut, um mit ihr darüber zu sprechen.

„Es war dein Tag mit Alec und ich weiß, wie viel er dir bedeutet. Ich wollte dich nicht beunruhigen und ich wollte dir schon gar nicht noch mehr Kummer bereiten." Angel stand auf und Zane folgte ihr ins Schlafzimmer, wo sie sich rasch eine Jeans und ein Pullover überzog. "Wo willst du hin?"

„Gib mir ein wenig Zeit, ich brauche frische Luft."

„Angel, bitte geh nicht." Er flehte sie an und ihr zerriss es beinahe das Herz, doch sie schüttelte den Kopf und nahm ihre Tasche. „Ich muss raus… JETZT."

„Dann fahr nicht selber, lass Sam dich fahren."

Ein ersticktes: „Okay", war alles was sie noch sagen konnte. Somit verließ sie die Wohnung.

Samuel fuhr sie in ihr Lieblingscafe und

anschließend schickte sie ihn weg. Sie versprach ihm sich zu melden sollte sie ihn noch einmal brauchen. Sam zögerte, nickte dann aber doch und fuhr.

Sie saß schon eine ganze Weile im Cafe, sogar ihr Tee war inzwischen bereits kalt geworden, als sie eine bekannte Stimme vernahm.

„Hallo Angel. Du siehst blass aus. Ist alles in Ordnung?"

„Kevin, hey. Ja, es geht schon. Ich denke ich habe nur eine leichte Magen-Darm-Grippe, also komm mir lieber nicht zu nahe." Sie kämpfte ein Lächeln in ihr Gesicht, doch es erreichte ihre Augen nicht.

„Ich bin hart im Nehmen. Darf ich mich setzen?"

„Sicher."

Kevin bestellte sich einen Kaffee und für Angel einen neuen Tee. Sie unterhielten sich in den nächsten zwei Stunden über alles mögliche. Er schaffte es sogar sie ein paar Mal zum Lachen zu bringen, wenn er alte Anekdoten zum Besten gab. Es half ihr die Sorgen für kurze Zeit zu vergessen. Es tat ihr gut, nicht an Chloe und das Baby zu denken. Auch wenn sie nicht glaubte, dass es Zanes Baby war, so raubte ihr die

Vorstellung, dass er es doch sein könnte, die Luft um zu atmen.

Als Kevin sie vor dem Haus von Mia und Bryan absetzte, drehte er sie zu sich bevor sie aussteigen konnte.

„Egal was er getan hat, du hast etwas Besseres verdient. Du solltest nicht so traurig sein. Ich bereue es jeden Tag dich verloren zu haben, nur weil ich dumm war."

Sie wusste nicht wie sie darauf reagieren sollte, doch instinktiv nahm sie den Mann dem ihr Herz gehörte in Schutz. "Er hat nichts falsch gemacht." Mehr konnte sie jedoch in diesem Augenblick nicht sagen. Ihr war gerade selber bewusst geworden, dass genau das stimmte. Er hatte nichts falsch gemacht. Zane war ein warmherziger und guter Mann, der Grund warum sie ihn so sehr liebte und sich ihrer Vergangenheit stellte. Er ist für eine Frau da gewesen die er kannte und die ihn um Hilfe gebeten hatte.

„Egal. Ich hoffe wir können uns noch einmal sehen bevor ich wieder fliege und wenn du reden möchtest, mit jemand Außenstehenden, dann bin ich da." Angel nickte und stieg aus.

„Angel. Was machst du denn hier? Eine schöne Überraschung Schwesterherz."

„Zane hat noch zu tun und da dachte ich mir, ich schau mal bei dir vorbei." Wohl war ihr nicht die geliebte Schwester anzulügen, doch über die Wahrheit wollte sie auch nicht reden. Mia freute sich sehr Angel zu sehen. Wenn eine von beiden Sorgen hatte, tat ihnen schon die bloße Anwesenheit der anderen gut, so auch dieses mal.

„Ist alles in Ordnung mit dir? Du bist noch blasser als beim letzten Mal." Misstrauisch beobachtete Mia ihre Reaktion und musterte ihr Gesicht.

„Ja, nur eine kleine Magenverstimmung, nichts Ernstes." Angel winkte mit der Hand ab und nahm neben Mia in der Küche platz.

„Dann sollte ich wohl besser aufpassen, dass ich mich nicht anstecke." Mia kicherte verlegen.

„Besser ist das. Sich das Essen zweimal durch den Kopf gehen lassen ist nicht so witzig." Angel zog eine Grimasse, woraufhin Mia sich schütteln musste.

„Igitt. Ich bin ja schon so froh das die Übelkeit an mir vorbei zu gehen scheint."

„Was meinst du?" Angel zog interessiert die Augenbrauen in die Stirn während Mia in der Bewegung stockte.

Eigentlich hatten Bryan und sie beschlossen noch nichts zu sagen, aber nun ist sie so aufgeregt gewesen, dass ihr dieser verräterische Satz einfach so heraus rutschte. „Na ja. Ich rede von Schwangerschaftsübelkeit."

„Mia, bist du … ??" Mia nickte heftig mit dem Kopf und ihr Gesicht strahlte förmlich vor Freude.

Angel nahm ihre Schwester in die Arme und sagte: „Ich freue mich so für euch. Das ist wirklich eine tolle Nachricht. Wie weit bist du denn schon?"

„Ach, noch ganz am Anfang. Fünfte Woche erst, aber ich bin so aufgeregt. Es weiß außer uns noch niemand, nun ja, ausgenommen dir jetzt."

„Das ist sehr schön Mia. Ich schätze mal, Bryan freut sich irrsinnig."

„Ja das stimmt." Mia merkte, dass Angel etwas geknickt wirkte, auch wenn sie versuchte sich das nicht anmerken zu lassen. Mia wusste das man Angel damals sagte sie könne keine Kinder bekommen. Sie hoffte immer mit ihr es würde sich einmal ändern, doch die Diagnose beim Arzt war jedes Jahr gleich, ein Eileiter entfernt, der andere völlig verklebt und verwachsen, durch die Infektion nach der Verletzung als sie zehn Jahre alt war.

Die beiden Frauen unterhielten sich lange, ihnen war noch nie der Gesprächsstoff aus gegangen und nun kam noch neuer hinzu. Als es langsam dunkel wurde, machte Angel sich auf den Weg zurück zu Zane. Sie hatte Sam angerufen, so wie sie es versprochen hatte, damit er sie abholte. Zane saß wie ein Häufchen Elend am Küchentresen als Angel eintrat. Sobald er sie bemerkt hatte sprang er auf und ging ihr entgegen.

„Ich hatte schon Angst du würdest nicht wiederkommen."

„Ich war bei Mia. Sie ist schwanger und wir haben die Zeit vergessen. Ich sagte doch, ich musste nur mal raus." Sie sprach sanft mit ihm, strich über seine Wange und er legte sein Gesicht in ihre Hand.

„Es tut mir so leid Angel." Sie schüttelte den Kopf, schmiegte sich in seine Arme und sagte: „Du musst dich nicht entschuldigen."

Sie bestellten sich eine Kleinigkeit zu Essen und setzten sich zum Warten auf die Couch. Zane strich ihr sanft über den Rücken und genoss den Moment der Ruhe und das Gefühl sie in seinen Armen zu halten. Noch ehe das Essen eintraf, war Angel dicht an ihn gekuschelt eingeschlafen.

16. Bittere Erkenntnis

Am Mittwoch begannen die Anrufe erneut. Fünf Tage lang war es ruhig geworden. Fünf Tage an denen Zane und Angel einfach mal wieder nur sich hatten. Doch nun war die Ruhe jäh gestört, wie es schon einige Wochen zuvor der Fall war. Chloe wurde aus dem Krankenhaus entlassen und bat Zane um Hilfe. Er versuchte möglichst jeden persönlichen Kontakt zu vermeiden und schickte häufig Sam oder Bill Masters, um Chloe und das Baby irgendwohin zu fahren oder ihnen etwas zu bringen. Zane war kein Mann der eine Frau die Hilfe brauchte einfach zurück wies und so sehr es Angel auch störte, verstand sie ihn. Auch wenn es nicht sein Kind sein sollte, er würde sich vorerst um sie beide kümmern.

Als Angel am Freitag wieder mit Alec unterwegs war, trafen sie beim Einkaufen auf Kevin. Da sie Alec an diesem Tag schon eher zurück bringen musste, hatte Kevin sie begleitet. Anschließend gingen sie noch etwas trinken und dann brachte er Angel noch nach Hause. Sie hatte beschlossen in ihrer Wohnung zu schlafen, um am Wochenende Ordnung zu schaffen und auch, um den Telefonaten zwischen Zane und Chloe zu entfliehen. Sie hatte am Nachmittag mit Zane gesprochen und ihm ihren Entschluss mitgeteilt.

Natürlich war er nicht sehr begeistert von der Vorstellung, ohne sie schlafen gehen zu müssen. Am liebsten hätte er sie jede Sekunde des Tages bei sich, doch Zane verstand auch ihre Beweggründe, selbst wenn sie etwas anderes behauptete.

Vor Angels Haus angekommen, nahm Kevin sie zur Seite. „Angel hör zu. Ich muss dir was sagen."

„Was ist los?"

„Angel ich … ich liebe dich noch immer, das hat sich nie geändert und ich will die Hoffnung nicht aufgeben. Damals war ich ein Idiot. Heute weiß ich es besser."

„Kevin das ist Vergangenheit und ich bin bereits mit jemandem zusammen."

„Ja aber wo ist er? Er hat dich nicht verdient. Lieber verbringt er seine Zeit mit einer anderen statt mit dir."

Angel musste sich zurück halten ihm keine Ohrfeige zu verpassen. Was wusste er denn schon. Im Moment war es Kompliziert, doch an Zanes Treue hatte sie nie gezweifelt. „Er geht zu keiner anderen und er liebt mich, genau wie ich ihn. Kevin es tut mir leid, aber das mit uns ist schon lange vorbei."

„Dann beweis es mir." Kevin zog sie näher an sich heran und beugte sich zu ihr hinab, doch bevor er sie küssen konnte, wich sie ihm aus.

„Nein Kevin. Du solltest jetzt besser gehen." Er schüttelte den Kopf, drehte sich dann aber um und ging.

Als Angel ihre Wohnung betrat, wäre ihr vor Schreck beinahe ein lauter Schrei entwichen. Im Wohnzimmer am Fenster stand eine reglose Person. Es dauerte eine Sekunde ehe Angel begriff, um wen es sich handelte.

„Zane was machst du denn hier?"

„Ich wollte bei dir sein, von dir getrennt zu sein bringt mich um." Es entstand eine kurze Pause. „Wer war das?" Er deutete zum Fenster raus. Ihm war die Szene nicht entgangen und auch nicht wie der Kerl sie küssen wollte.

„Ein alter Freund aus San Francisco. Alec und ich haben ihn beim einkaufen getroffen."

„Für mich sah es so aus, als wäre da

mehr." Er blickte sie traurig an. Zane konnte den Gedanken kaum ertragen sie vielleicht in die Arme eines anderen getrieben zu haben.

„Nein. Das war einmal. Er hat damit vielleicht noch nicht abgeschlossen, ich aber schon."

„Dann wären es schon zwei." Zane lachte schwach und müde auf. Angel ging mit stark klopfendem Herzen auf ihn zu. „Wie meinst du das?"

„Chloe. Sie will das ich mich für sie und das Baby entscheide."

Angel stockte der Atem, ihr Herz schien einige Schläge auszusetzen ehe es los raste. Sie sah ihn voller Angst, fragend an.

„Angel. Ich bin hier." Er sprach sanft mit ihr und ging auf sie zu, zog sie in seine starken Arme. „Ich würde dich nie verlassen, wie kannst du nur so etwas denken?" Unfähig ihm darauf eine Antwort zu geben fing Angel an zu schluchzen. Der ganze Stress der letzten Wochen schien sich nun auf einmal Luft zu machen.

„Ich habe ihr gesagt, dass wir uns nicht wieder sehen werden. Ich habe dafür gesorgt, dass sie vorerst Hilfe hat und sollte es mein Kind sein, werde ich sie weiter finanziell unterstützen. Mehr kann sie nicht von mir erwarten." Angel schmiegte sich noch enger in seine Arme. Sie standen noch eine ganze Weile eng umschlungen einfach so da.

Er würde sie nicht verlassen. Doch Angel konnte spüren, dass auch er Angst hatte sie zu verlieren. Sie konnte es in seinen Augen sehen, als sie die Wohnung betrat und auf ihn zu ging. Spürte seine Unsicherheit, was an sich schon eine merkwürdige Erkenntnis war. Noch nie hatte sie erlebt, dass der starke Geschäftsmann an ihrer Seite auch nur ein Wink an Unsicherheit zeigte, egal ob im Beruf, der Medien gegenüber oder der Familie. Dennoch schien er sich im Moment ihrer nicht mehr sicher. Für Angel jedoch, gab es nur diesen einen Mann, sie liebte ihn und würde alles für ihn tun.

Angel nahm Zane bei der Hand und führte ihn durch das Schlafzimmer ins Bad. Dort öffnete sie langsam Knopf für Knopf seines Hemdes. Sie wollte den ganzen Schmutz des Tages, der letzten Wochen einfach von sich und ihm fort spülen.

Zane beobachtete jede ihrer Bewegungen. Nachdem sie sein Hemd von seinen Schultern geschoben hatte hauchte sie zarte Küsse auf seine nackte muskulöse Brust. Jede ihrer Berührungen ließen ihn erzittern. Sie küsste seinen

Hals, bis ihre Lippen die seinen fanden. Er zog ihren Körper nah an sich heran, schob ihr das Shirt über den Kopf und genoss es ihre warme Haut an seiner zu spüren. Ihr Kuss wurde intensiver, leidenschaftlicher und dennoch hielten sie sich beide noch zurück, obwohl sie den anderen so sehr wollten. Angel öffnete seine Hose und befreite ihn zeitgleich von Hose und Boxershort. Er ging vor ihr auf die Knie, ließ seine Lippen über ihren Bauch wandern, bis zum Rand ihrer Jeans, dabei befreite er sie von ihrem BH und anschließend von den restlichen Kleidungsstücken. Vorsichtig schob er sie Richtung Dusche. Sie küssten und streichelten sich, beinahe ehrfürchtig, als würden sie etwas zerbrechen, wenn sie zu unbedacht wären, genossen die Berührungen und das Gefühl dem anderen alles zu bedeuten.

Zane trocknete Angel vorsichtig ab und führte sie zum Bett. Sanft bettete er ihren nackten Körper darauf, betrachtete ihre weiche Haut, ihre wundervollen Rundungen und sah in ihre liebevollen Augen die ihn ebenso musterten. Er positionierte sich zwischen ihren Beinen, strich über ihre schmalen Oberschenkel, über ihren Bauch und ihre Arme. Dann stützte er sich auf den Händen ab, ließ sich langsam auf ihren Körper sinken und küsste sie erst sanft, dann immer fordernder. Seine Zunge fand ihre, erkundete ihren Mund, Angel entwich ein leises Stöhnen. Er drang sacht in sie ein, zuerst nur ein Stück und entfernte sich wieder, mit jeder weiteren Bewegung drang er immer tiefer in sie ein, bis er sie schließlich vollkommen ausfüllte. Mit ihr eins zu sein war für Zane das größte Gefühl, nicht nur einfach Sex mit ihr zu haben, sondern sie zu lieben, mit seinem Herzen und seinem Körper, verbunden mit ihr zu sein. Er konnte ihre Hände fühlen wie sie ruhelos über seinen Rücken strichen, bis zu seinem Gesäß und ihn näher an sich zog, ihre vollen Brüste die sich an seinen Körper pressten, ihre Atmung die sich immer mehr beschleunigte und er liebte ihr leises Stöhnen das ihn vor Lust beinahe verrückt werden ließ. Schließlich erreichten beide gemeinsam den wundervollen Moment der Ekstase, ehe sie Arm in Arm geborgen durch die Kraft des anderen einschliefen.

17. Das zweite Mal

Am Morgen fuhren Zane und Angel müde, aber von allen Sorgen so gut wie befreit zum Flughafen. Sie flogen mit dem Privatjet kurzerhand nach London. Beide wollten ein Wochenende nur für sich, alles vergessen, weit weg von allem was geschehen war. Nicht einmal ihre Handys nahmen sie mit, nur Sam wusste, wie er sie im Notfall erreichen konnte. Sie gingen essen, in Clubs und tanzten, sahen sich so viel von London an wie möglich, Big Ben, die Tower Bridge, Westminster Abbey, sie spazierten durch den St. James Park und küssten sich direkt über dem traumhaften klaren See. Von der Brücke aus konnten sie sogar den Buckingham Palace sehen, umrahmt von wundervollen Brunnen. Auch wenn sie das alles schon kannten, so hatten sie es doch noch nie gemeinsam erlebt.

Es war für sie Beide nicht leicht alles einmal zu vergessen, doch sie mussten Kraft tanken, um sich den Herausforderungen zu stellen die kommen mögen.

Angel hatte wahnsinnige Höhenangst, dennoch konnte Zane sie zu einer Fahrt im

London Eye überreden. Der Ausblick über London, hoch oben vom Riesenrad, war atemberaubend. Zane sah ihr tief in die Augen. Angel hatte das Gefühl, als würde er etwas sagen wollen, fand aber scheinbar nicht die richtigen Worte. „Ich werde dich nicht verlassen Zane, egal was noch auf uns zukommen wird." Sie schenkte ihm ein Lächeln und hauchte einen Kuss auf seine Lippen, was auch ihn zum Lächeln brachte.

„Das ist mit das schönste was du sagen konntest. Angel ich will das du weißt, dass ich dich auch nicht verlassen werde. Das mit dir ist so intensiv und neu. Ich habe einfach schreckliche Angst dich zu verlieren, weil dich das alles vielleicht abschrecken könnte."

Zane sah bekümmert aus, umso ehrlicher erschienen ihr seine Worte. „Nichts könnte mich abschrecken, weil ich dich viel zu sehr liebe."

Arm in Arm fuhren sie noch weitere zwei Runden.

An diesem Wochenende hatten sie sich nicht körperlich geliebt. Sie wollten einfach nur ihre Zweisamkeit genießen und dem jeweils anderen versichern, dass alles wieder gut werden würde. Beide wollten einfach zwei ganze Tage für sich, ohne von Chloe und Kevin etwas zu hören oder zu sehen.

Am Montagmorgen konnten beide wesentlich entspannter wieder an die Arbeit. Den Tag über schrieben sie sich etliche Mails, nur um dem anderen zu zeigen, dass man an ihn dachte, sie benahmen sich fast wie zwei frisch verliebte Teenager. Angel wurde unruhig als der Feierabend nahte, sie konnte es kaum erwarten wieder bei Zane zu sein.

Alec stattete ihr vor Feierabend noch einen Besuch ab. „Ich wollte mal nachsehen wie es dir geht. Aber scheinbar besser, immerhin hast du wieder Farbe im Gesicht." Er grinste sie breit an und wirkte sichtlich erleichtert.

„Ja es geht mir schon viel besser. Sag mal, hast du keine Hausaufgaben oder sind die schon fertig?"

„Alles schon erledigt. Willst du mich hier etwa nicht?" Alec neigte den Kopf zur Seite und spielte den Verletzten.

„So ein Quatsch. Du weißt genau wie gerne ich dich sehe."

„Ich weiß." Beide prusteten los. Er war

froh Angel wieder glücklich zu sehen. In den letzten fünf Monaten wuchsen sie so sehr zusammen, dass er das Gefühl hatte sie wäre seine große Schwester. Sie war jemand, dem er vertrauen konnte, mit dem er reden konnte und wenn es ihr schlecht ging, fühlte auch er sich nicht wohl. Alec hatte ihr viel zu verdanken. Sein Leben verlief wieder geregelt, seine Noten verbesserten sich immer mehr und sie gab ihm das Gefühl wieder jemandem wichtig zu sein.

Zum Abschied nahm Angel ihn in den Arm und drückte ihm ein Küsschen auf die Wange, wobei sie sich etwas auf die Zehenspitzen stellen musste. Alec schlenderte gemütlich in die andere Richtung davon. Als Angel ihren Wagen erreicht hatte, blickte sie überrascht auf. Kevin stand davor, blass mit dunklen Augenringen und hängenden Schultern. Es tat ihr leid ihn so zu sehen, sie fühlte zwar nichts mehr für ihn, doch immerhin hatte sie ihn einmal geliebt.

„Kevin ist alles in Ordnung mit dir?"

Er sah sie an, doch seine Augen wirkten völlig leer. "Nein, nichts ist in Ordnung solange du nicht bei mir bist."

Kevin ging auf sie zu. Angel versuchte

rückwärts zu gehen, dann stieß sie aber auch schon gegen das nächste Auto. Sein Verhalten machte ihr Angst.

„Angel ich bin extra deinetwegen nach New York gekommen. Ich wusste nicht wohin du nach San Francisco gegangen warst bis ich euch in einer Zeitung zusammen sah. Er ist nicht der Richtige für dich Angel. Du gehörst zu mir." Seine Stimme war so ruhig und bedrohlich zugleich.

Ihr Herz schlug immer schneller, drückte auf ihre Lungen so das ihr sogar das Atmen schwer fiel und die Luft stoßweise aus ihr heraus gepresst wurde. Kevin machte einen großen Satz auf sie zu. Bevor er seine Hand auf ihren Mund presste, entfuhr ihr ein lauter Schrei.

Alec drehte sich um, er wusste sofort wem dieser Schrei entwichen war. Er lief so schnell er konnte in die Richtung, von wo er kam. Als er um die Ecke bog, sah er gerade noch wie der Typ, den er schon einmal gesehen hatte, die bewusstlose Angel in seinen Wagen legte und dann davon fuhr. Alec blieb fluchend stehen und ließ beide Hände durch sein Haar fahren.

Verdammt was mache ich jetzt? Was

hat der Typ mit ihr vor?

Er nahm sein Handy aus der Hose und wählte die einzig logische Person an. Er musste entscheiden inwieweit die Polizei informiert werden konnte. Angel wurde entführt, soviel stand fest und Entführer wollten keine Polizei oder sie verletzten ihre Opfer. Das war das letzte, was Alec wollte. Angel durfte einfach nichts passieren. Es klingelte nur zweimal ehe jemand abnahm.

„Hallo Alec."

„Zane du musst sofort herkommen, schnell und bring Sam mit."

„Was ist los? Hey, beruhige dich und sag mir was passiert ist." Zane hatte Alec seine Nummer gegeben für den Fall, dass er Angel nicht erreichen konnte, doch angerufen hatte er noch nie. Sofort machte sich ein ungutes Gefühl in ihm breit.

„Er hat sie mitgenommen. Sie hatte geschrien, aber ich war schon soweit weg und dann war sie bewusstlos und er legte sie in sein Auto." Alecs Stimme überschlug sich, er klang verzweifelt und aufgebracht.

„Alec. Wer hat geschrien?" Zane brauchte keine Antwort denn er wusste es bereits. Ihm wurde übel bei der Vorstellung jemand könnte Angel verletzen. Er stand auf, schnappte sich seine Jacke und verließ sein Büro.

„Angel. Dieser Kevin hat sie mitgenommen."

„Wir sind gleich bei dir, bleib wo du bist."

Es dauerte keine viertel Stunde bis er bei Alec war. Die ganze Zeit über versuchte Zane bei Angel anzurufen, doch ihr Handy schien aus zu sein. Sams Leute versuchten es zu orten, aber auch das blieb erfolglos. Alec erzählte ihnen alles noch einmal bis ins kleinste Detail, während Zane versuchte ihn zu beruhigen. Dann traf eine Mail auf seinem Blackberry ein.

[*Solltest du Angel je wieder sehen wollen, solltest du tun was ich dir sage. Angefangen damit: Keine Polizei*]
Unbekannter Absender

Sein Magen zog sich krampfhaft zusammen, sollte ihr etwas zustoßen, würde er es sich niemals verzeihen, er würde es nicht überleben.

Als Angel aufwachte, wurde es bereits

dunkel. Sie brauchte einen Moment bis ihr wieder einfiel was passiert war. Ihre Kehle schnürte sich sofort zu. Sie lag auf einem Bett, auf einer löchrigen schmutzigen Matratze und ihr stieg ein muffiger Geruch in die Nase. Ihr linkes Handgelenk war mit Kabelbindern an eine Heizung gebunden, von der schon die alte Farbe abblätterte und rostige Stellen zum Vorschein kamen. Das harte Plastik schnitt sich in ihre Haut je mehr sie versuchte sich daraus zu befreien, doch es tat sich nichts. Plötzlich ging die Tür auf und Kevin trat näher.

„Was hast du vor? Was soll das alles?" Ihre Stimme war schrill und panisch, doch Kevin schien das nicht wahrzunehmen. Er schüttelte nur den Kopf und setzte sich ans Bettende.

„Du musst keine Angst haben. Ich wollte dich nur irgendwie von ihm fern halten. Du gehörst zu mir. Wir werden einfach neu anfangen, weit weg von hier."

„Kevin ich liebe dich nicht mehr. Das mit uns ist lange vorbei und du kannst Gefühle nicht erzwingen."

„Ja, weil er dich nicht gehen lässt. Du lässt dich von ihm blenden. Er tut dir nicht gut und trotzdem bleibst du bei ihm. Solange er lebt, wirst du nie frei sein." Er schrie ihr die Worte förmlich entgegen, sprang auf und lief im Zimmer auf und ab wie ein gehetztes Tier. Kevin zückte sein Telefon und sah ihr dabei fest entschlossen in die Augen.

„Dawson!"

„Sie haben meine Nachricht erhalten Mr. Dawson?" Kevin sprach ruhig und die Abscheu in seiner Stimme war nicht zu überhören.

Zane begriff sofort mit wem er da sprach. „Was haben sie mit ihr gemacht? Wo ist Angel?" Sein Herz zersprang ihm beinahe in der Brust, er war aufgebracht und musste wissen, ob es ihr gut ging.

„Sie stellen hier keine Fragen und erst recht keine Forderungen. Ich will zwei Millionen Dollar von ihnen und zwar Morgen. Wo und wann sie es mir aushändigen werden, erfahren sie später. Und ich rate ihnen, halten sie die Polizei und ihre Gorillas da raus, sonst wird das hier kein gutes Ende nehmen. Kommen SIE allein und unbewaffnet."

„Ich werde alles tun was sie verlangen, nur tun sie ihr nichts. Woher soll ich wissen, ob sie überhaupt noch lebt?" Seine Stimme brach, eben das wollte er sich nicht einmal vorstellen.

Kevin hielt das Telefon in die Richtung von Angel, der bereits dicke salzige Tränen über das Gesicht liefen. Sie ahnte was er vor hatte. Zane sollte allein und unbewaffnet kommen, solange er lebte würde sie nicht frei sein, das waren seine Worte.

„Er will wissen ob du noch lebst, also sag brav hallo."

„Zane du darfst nicht herk…"

Das Gespräch wurde beendet. Angel rief so laut sie konnte, er musste sie verstanden haben, bevor Kevin auflegte.

Bitte Gott, lass ihn auf mich hören!!!

Doch im Grunde ihres Herzens wusste sie es besser. Zane würde tun, was Kevin von ihm verlangte. Das alles durfte nicht schon wieder passieren, ihm sollte nichts zustoßen. Ein zweites Mal, war sie selbst wieder nur der Köder.

„Das hättest du besser nicht getan." Kevin sah sie mit vor Zorn blitzenden Augen an.

„Bitte Kevin. Ich mache alles was du willst. Ich gehe mit dir mit, aber lass ihn da raus. Ich will nicht, dass jemand verletzt wird."

„Du meinst du willst nicht, dass ER verletzt wird. Aber genau das ist es doch.

Du willst das jetzt nur für ihn tun, aber du sollst es für mich tun und das wird nicht passieren solange er lebt. Stirbt er, bist du frei." Damit verließ er das Zimmer und ließ Angel weinend und flehend zurück.

Zane wollte kein Risiko eingehen und sich an die Forderungen halten. Bill als sein Sicherheitschef, sah das anders, ebenso Sam, der durch seinen ehemaligen Dienst beim FBI, genug Erfahrung hatte.

„Nein Sam. Er sagte keine Polizei und keine Wachleute."

„Zane ich weiß du hast Angst, doch er wird ihr nichts tun. Ich denke, dass du es bist den er will. Bill und ich kennen gute Leute, wir werden es für ihn so aussehen lassen, als wärst du allein, doch wir werden dich begleiten. Die Polizei lassen wir kommen, wenn wir ihn haben. Aber sie sollten bescheid wissen."

„Das ist zu riskant", Zane schüttelte den Kopf. Er fand einfach keine Ruhe, immer wieder lief er umher.

Sam ist der Beste, was wenn er recht hat? Doch wenn Angel etwas passiert…

„Vertrau auf uns. Ich habe sie einmal

gerettet und ich werde sie erneut zurück bringen." Sam sah seinen Boss an. Aus seinem Blick sprach Sorge, aber auch Zuversicht. Obwohl Zane seine Worte nicht verstand, so glaubte er ihm das er Angel zurück holen könnte.

Am späten Nachmittag des folgenden Tages erhielt Zane eine weitere Mail, in dem der Ort festgelegt wurde wo er auf Kevin treffen sollte. Er hatte eine halbe Stunde. Zane fuhr sofort los und zeitgleich machte sich auch Sam mit seinen Männern auf den Weg.

„Ich bitte dich Kevin, tu das nicht." Er zog Angel aus dem Auto und über ein altes Betriebsgelände hinter sich her. Ihre Hände hatte er vorne zusammen gebunden. Vor einem verfallenen Gebäude blieb er stehen. Als Angel sich umsah, sah sie wie der silberne Aston Martin von Zane näher kam. Sie schüttelte den Kopf als er keine 200 Meter vor ihnen zum stehen kam.

„Bitte steig nicht aus. Bitte steig nicht aus. Bitte steig …" Ihr leises Flüstern half nichts. Zane stand nun vor seinem Wagen, in der linken Hand eine Tasche. Sie drehte sich zu Kevin. „Tu ihm nichts. Ich werde mit dir gehen, lass uns einfach verschwinden."

Er antwortete nicht gleich und ging ein paar Schritte vorwärts, dann sah er sie an. „Es geht nicht anders, es muss so sein."

„Ich habe alles getan was sie verlangt haben, lassen sie Angel gehen." Zane sah kurz zu ihr. Sie konnte die Angst in seinen Augen deutlich sehen. Nicht die Angst um ihn selbst, sondern seine Angst, dass ihr etwas geschehen könnte. Seine sonst so feste Stimme zitterte. Genauso war es damals gewesen, alles was ihr Vater wollte, war ihre Sicherheit und das bezahlte er mit seinem Leben.

„So leicht ist das nicht Mr. Dawson. Alles was ich will ist sie, doch sie sind mir im Weg." Mit diesen Worten erhob er seine Waffe und richtete sie auf Zane. Der Herzschlag von Angel setzte einen Moment aus.

Nicht schon wieder, dieses Mal nicht! Ich bin keine zehn Jahre mehr.

Ohne genau darüber nachzudenken stellte sie sich zwischen beide Männer. Die Pistole nun auf ihren Kopf gerichtet und sie konnte in den Lauf der Kleinkaliber Waffe sehen. Sie hörte Zane etwas rufen, doch seine Worte drangen nicht zu ihr durch. Sie sah Kevin in die Augen.

„Geh beiseite Angel." Doch sie rührte sich keinen Millimeter. Hinter sich vernahm sie dumpfe schnelle Schritte, noch weit weg, aber näher kommend. Gerade als Kevin an ihr vorbeizielen wollte, nahm Angel die Arme hoch und drückte seine Hand mit der Waffe mit aller Kraft nach unten, woraufhin sich ein Schuss löste.

Zane zuckte zusammen, schrie ihren Namen und als er sah wie sie zu Boden sank, beschleunigte sich sein Tempo erneut.

Kevin war ebenso geschockt und blickte auf die reglose Person vor seinen Füßen, das hatte er nicht gewollt. Seine Wut wuchs ins unermessliche, erneut wollte er die Waffe auf Zane richten. Ein zweiter Schuss zerriss die kurze Stille und Kevin brach leblos zusammen.

Als Zane Angel endlich erreichte, hatte sich unter ihrem Oberschenkel bereits eine beachtliche Blutlache gebildet. Er beugte sich über sie. „Halt durch mein Liebling, alles wird gut."

Angel nickte, kaum in der Lage zu sprechen, sie war einfach nur überglücklich das ihm nichts zugestoßen war. Der Schmerz in ihrem Bein zog sich durch ihren gesamten Körper, sie konnte spüren wie sie von Sekunde zu Sekunde schwächer wurde.

Plötzlich war auch Samuel an ihrer Seite. „Scheinbar wurde ihre Oberschenkelarterie getroffen. Wir müssen das Bein abbinden sonst verblutet sie. Gib mir deinen Gürtel."

Zane verstand kaum was sein Leibwächter da sagte, aber er gehorchte. Er zog den Gürtel aus seiner Hose und beobachtete genau Sams Bewegungen.

Dann stoppte Sam die Zeit. Leise sprach er zu Angel: „Du hast bereits jede Menge Blut verloren. Der Krankenwagen ist gleich da, nur noch ein klein wenig aushalten."

Angel nickte erneut und ihre Augen verdrehten sich kurz, allmählich wurde alles schwarz um sie herum. Sam war das ebenso wenig entgangen wie Zane. Beide Männer machten sich große Sorgen. Nun sprach der Leibwächter, etwas lauter und mit strenger Stimme zu ihr: „Hey. Lisa Angel Monnahan. Gib nur nicht auf, du hast schon viel schlimmeres überstanden, kapiert?" Zane blickte Sam verwirrt an und Angel begann zu lächeln.

„Monnahan hört sich ziemlich gut an. Das hast du bisher nur einmal gesagt und überhaupt hat das lange niemand mehr gesagt." Ihre Stimme war schwach und fast tonlos.

Zane strich über ihr Haar und küsste sie auf die Stirn. „Angel Dawson würde mir noch viel besser gefallen." Angel lächelte.

Die Sirenen vom Krankenwagen und der Polizei kamen rasch näher. Während sich die Sanitäter um sie kümmerten, ließ Zane nicht einmal ihre Hand los.

„Wie lange ist das Bein schon abgebunden?" Der Sanitäter richtete die Frage an Zane, dieser blickte zu Sam auf als der auch schon antwortete und dem Helfer seine Uhr gab. „4.23 Minuten, okay. Wir müssen die Durchblutung in Kürze wieder herstellen." Sie brachten den geschwächten Körper der jungen Frau in den Krankenwagen, befestigten etliche Kabel an ihr, hängten die Infusion auf und fuhren los. Zane war erleichtert, dass er sie begleiten durfte.

18. Monnahan, Donovan oder Dawson

Nachdem Angel in den OP gebracht wurde, brachte man Zane in ein kleines Wartezimmer. Kurze Zeit später war auch schon Sam bei ihm und nahm Platz.

„Ich habe ihre Familie informiert. Sie sind auf dem Weg hierher."

„Danke Sam. Für alles." Zane stützte die Ellenbogen auf die Knie und legte den Kopf in seine Hände, dann spürte er wie Sam eine Hand auf seine Schulter legte.

„Sie ist hart im nehmen. Bald ist sie wieder zu Hause."

„Samuel, woher weißt du wer sie wirklich ist? Du sagtest auch du hättest sie schon mal gerettet." Zane richtete sich wieder auf.

„Ich war damals der Agent, der sie aus diesem Loch befreit hatte als sie zehn Jahre alt war."

Er sah seinen Leibwächter mit großen Augen an. "Du wusstest von Anfang an wer sie war?"

„Ja das wusste ich, immerhin hatte ich

einige Zeit mit ihr verbracht. Ich begleitete sie damals in das andere Krankenhaus und blieb bei ihr, bis sie gesund genug war, um entlassen zu werden."

Zane nickte und legte den Kopf nach hinten an die Wand.

Als Angels Familie eingetroffen war, hatte Zane noch immer nichts von den Ärzten gehört. Das hieß für alle, weiter warten. Zane berichtete grob was geschehen war. Das Gesicht von Emely war Tränen überströmt und Mia musste sich setzen, sie war weiß wie die Wand in diesem trostlosen Zimmer. Bryan versuchte seine Frau zu beruhigen und Mason sprach mit Zane. Zu seiner Überraschung machte ihm niemand einen Vorwurf, aber vielleicht tat er das selbst auch schon genug.

Gerade als sich die Frauen etwas beruhigt hatten, trat der Arzt ins Wartezimmer. Alle sprangen sofort auf und warteten auf das, was er ihnen zu sagen hatte. Der Stein in Zanes Magengrube wurde immer schwerer, er wollte endlich hören, dass es ihr gut ging.

„Sie sind die Eltern von Miss Monnahan?" Für einen Augenblick unterlag Mason dem Drang den Namen zu korrigieren, aber eigentlich hatte er ja recht also nickte er nur. Der Arzt sah zu Mia und Bryan und anschließend zu Zane.

„Doktor sie können ruhig sprechen. Alle gehören zu ihrer Familie und er ist ihr Verlobter." Das stimmte zwar noch nicht ganz, aber da Zane schon vor Wochen bei ihm war und um die Hand seiner Tochter gebeten hatte, war es auch nicht ganz falsch.

„Die Operation ist gut verlaufen. Wir konnten die Blutung stoppen und es wurden keine weiteren Nerven verletzt, wir brauchen uns auch keine Sorgen mehr machen, dass sie das Bein eventuell verliert. Aufgrund des starken Blutverlustes ist sie noch sehr schwach und blass, also erschrecken sie nicht. Sie bekommt von uns Eisenpräparate und in einiger Zeit gibt sich das wieder. Mein Kollege war ebenfalls schon bei ihr und hat sie gründlich untersucht. Keine Missbrauchsspuren und dem Baby geht es hervorragend."

„WELCHES BABY???" Die Frage kam im Chor und von allen Anwesenden. Der Arzt sah alle Beteiligten fragend an.

„Miss Monnahan ist bereits in der 14. Schwangerschaftswoche, deswegen war ich davon ausgegangen das sie es wussten."

Emely war die Erste die wieder etwas sagen konnte. „Man hatte ihr jedes Jahr aufs neue gesagt, dass sie keine Kinder bekommen kann. Ich glaube fast sie weiß es selbst noch nicht einmal."

Der Arzt nickte und erlaubte das einer vorerst zu ihr durfte und ging. Zane ließ sich auf einen Stuhl sinken. Er hätte nicht nur beinahe die Frau verloren die er liebte, sondern auch noch sein Kind. Emely setzte sich neben ihn und legte ihre Hand auf seinen Unterarm.

„Geh du zu ihr. Wir wissen nun das es ihr gut geht. Bestell ihr liebe Grüße und sag ihr wir kommen Morgen. Sie wird sowieso dich als erstes sehen wollen und ich denke ihr habt ein wenig zu bereden." Sie lächelte ihn liebevoll an, wie es nur eine Mutter konnte und erhob sich wieder.

Leise betrat Zane das Zimmer, zu dem die Schwester ihn geführt hatte. Angel schlief noch tief und fest. Vorsichtig setzte er sich auf die Bettkante, gab ihr einen sachten Kuss auf die Lippen und strich dann sanft über ihren Bauch und erst jetzt fiel ihm die kleine Wölbung auf. Er betrachtete ihr Gesicht, das so friedlich wirkte. Er fühlte sich in diesem Augenblick so glücklich, dass er hätte Bäume ausreißen können. Sie würde wieder gesund werden und das schönste von allem, sie trug sein Kind unter ihrem Herzen. Niemand sonst würde jemals die Mutter seiner Kinder werden, außer ihr. Chloe war es nicht. Das Ergebnis des Tests bekam er am Vortag, bevor das alles passierte, am Abend wollte er es ihr erzählen. Er war nicht der Vater von Chloes Baby.

In dem Augenblick, als Angel die Augen aufschlug, schaute sie direkt in sein Gesicht. Er lächelte sie glücklich an.

„Wie fühlst du dich?"

„Als sei ich angeschossen worden." Sie lachte etwas. "Und wie geht es dir?"

„Ich bin unheimlich glücklich, denn ich habe dich wieder."

Sie strich ihm mit der Hand über seine Wange als ihr plötzlich ein Ring an ihrem Ringfinger auffiel, der dort sonst nicht war. Er sah unglaublich schön aus, bestand aus Rot-Gold mit vielen kleinen blauen Saphiren die sich von oben nach unten verjüngten. Die Farbe erinnerte sie an die wundervollen blauen Augen von Zane. Sie sah ihn an und er wirkte etwas unsicher.

„Habe ich da was vergessen?" Sie zog

eine Augenbraue hoch und lächelte.

„Na ja. Mason sagte dem Arzt ich sei dein Verlobter damit ich zu dir konnte und da dachte ich mir, so sieht es echt aus."

„Woher hast du ihn denn so schnell? Er ist traumhaft. Ich glaube nicht, dass ich den wieder her gebe."

„Genau das wünsche ich mir."

„Was?"

„Das du ihn behältst. Ich wollte ihn dir an dem Abend geben, als du Chloe kennen gelernt hast." Er stand vom Bett auf und ließ sich davor auf die Knie sinken. „Angel Monnahan ich liebe dich und ich möchte dich für immer an meiner Seite haben. Ein Leben ohne dich, wäre für mich kein Leben mehr. Willst du meine Frau werden?"

Angel war unfähig auch nur einen Ton zu sagen, deshalb zog sie ihn zu sich hoch, nickte heftig und küsste ihn. Zane sah ihr überglücklich in die feuchten grünen Augen.

„Mit der Hochzeit sollten wir uns dann aber vielleicht ein wenig beeilen. Ich denke vielleicht sobald du hier raus bist."

„Kannst du etwa nicht mehr warten?" Angel musste über seine Ungeduld lachen, doch viel anders ging es ihr ja auch nicht.

„Das auch. Aber ich wäre gern mit dir verheiratet bevor das Baby kommt."

„Mias Baby?" Angel wusste nicht ganz was er meinte. Was hatte die Schwangerschaft ihrer Schwester damit zu tun.

Zane legte seine Hand auf ihren Bauch, schenkte ihr ein bezauberndes Lächeln und schüttelte den Kopf. „Nein. Ich rede von unserem Baby. Wir haben etwa noch 26 Wochen für uns. Ab dann sind wir zu dritt."

Angels Augen weiteten sich. Entweder war Zane jetzt verrückt geworden oder sie war schwanger.

Okay, im Februar hat man mir erst gesagt, Kinder könnte ich vergessen, na gut, der Arzt hatte es etwas netter ausgedrückt. Ich schätze die ganze Sache hat Zane verrückt werden lassen.

Zane bemerkte ihren skeptischen Gesichtsausdruck, nun war er froh die Schwester nach einem Ultraschallbild gefragt zu haben. Er zog es aus der Tasche und gab es ihr. Angel konnte genau erkennen was sie dort sah. Zwei kleine Arme, zwei kleine Beinchen und sogar der weiße Punkt in der Mitte des Rumpfes war ihr bekannt, das Herz ihres gemeinsamen Babys. Zane küsste sie leidenschaftlich.

Sie waren sich beide sicher, ab diesem Zeitpunkt würde alles gut werden und sie würden eine richtige Familie sein.